見鬼5之校園鬼話

目錄

第一帖

鬼跳傳說

「噹、噹……」急遽的鐘聲，響徹整座校園，同時也敲醒了周怡萱和郭秀珍。

兩個人各站在不同方位上，卻相同的滿臉愕然，被驚醒過來。

然後，兩個人互望著發呆！

周怡萱趴在教室走廊外、騎樓的牆邊，一腳跨在牆外：一腳還在騎樓牆內這邊。

如果，鐘聲再慢個幾秒，很可能，她就越過騎樓，跳下去了！

郭秀珍在距離最近的一根廊柱邊，躲在廊柱後面，歪著身軀、半露著頭臉，站立的形狀，像似在偷窺。

她兩人雙雙醒悟過來，首先是郭秀珍尖聲叫道：

「哇！呀——怡萱！快下來！」

周怡萱轉頭看她、轉看自己這副怪模樣，又看著矮牆外面……赫！這裡是三樓吶！

她雙腿發軟，臉色慘白，驚惶顫聲：

「我怎麼在這裡？快！快！快來幫我，我沒辦法下去。」

郭秀珍走出廊柱，同時四下左右的張望著走向周怡萱，努力了一番、也費了一番勁，周怡萱才轉身翻下矮牆。

說是矮牆，但其實並不矮，大約一個半人高，為什麼周怡萱可以攀上去？

不要說是郭秀珍，連她自己都莫名其妙……

◧

這裡是永X路，A國中。

今天是新生報到的第一天，周怡萱和郭秀珍國小是同校，升上國中也是同校，幸運的是，兩個人同樣被編入三班。

校園門口進來，是拱型噴水池，越過噴水池，是一排教職員辦公室，在進去就是大操場。

大操場站滿學生，雖然招生不足，但也有幾百位新生。

這時，操場上嘰嘰喳喳，熱鬧極了。反觀末棟教室附近，安寧、寂靜，靜得讓人會起幻想、幻聽。跟前面的操場比起來，簡直有天壤之別。

問題是，為什麼周怡萱和郭秀珍會出現在末棟三樓上？

兩位同學手拉手，迅速的下樓、越過花圃、兩棟教室樓層，越往操場走，兩人腳步愈加速。

一面走，兩人一面反問彼此：為什麼我們會跑到末棟三樓來？

兩人各道出彼此的情形……

周怡萱說，她站在操場右邊角落的籃球架下，聽到有人在呼喚聲響，呼喚什麼倒沒聽清楚，她只是好奇轉頭望向出聲處，花圃另一邊，有一位男同學正往她的方向招手。

周怡萱不認識這位男同學，她因此轉回頭往後望，可是她後面都沒人呀？

周怡萱又轉回頭，發現男同學竟然站在花圃的另一邊，比較近了。男同學有些奇怪……有雙綠光的眼睛。

「啥？綠光的眼睛？然後呢？」郭秀珍訝問道。

「然後……我就忘記了。」

就在周怡萱對上了他發出綠光的眼睛之後，她自己就迷糊了。

說完了，周怡萱反問郭秀珍，她又是怎回事？

郭秀珍說，她站在光亮亮的大操場中，忽然被一團黑，不，一團褐色影子吧，總之，就是一個大大的影子，遮住了她周圍的太陽光以及同學們。

她伸手要撥開這團影子，卻撥不開。過了好一會，她發現自己又站在明亮的大操場中。

她看到周圍眾多同學嘴巴嗡動，狀似開口在說話，然而她卻都聽不見同學們說話的嘰喳聲。就在她心中浮起恐慌時，左前方那團褐色影子中，站了一位男同學。他穿著皺巴巴又髒髒的同校制服，出聲說：

——呵呵，來……跟我來喔。

「只有妳一個人聽到他的聲音嗎？」周怡萱叉口問。

「我不知道。反正我聽得到他的聲音。」

郭秀珍有些害怕，踟躕不前。忽然，男同學轉身走了，郭秀珍對於自己聽不見周遭的聲音，感覺很不尋常，當下只聽得到這位男同學聲音，便偷偷的尾隨跟上去。

男同學有時會回頭看，她就躲起來。就這樣，一路跟蹤到末棟三樓上。

到了三樓，她正躲在廊柱後面，卻看到男同學蹬上走廊外的圍牆上，還轉頭向她裂嘴一笑，然後縱身躍下去！

後來，急遽的鐘聲喚醒了她，她這時卻看到周怡萱趴在牆上……

◧

開學了，A國中充滿活力與熱鬧。

操場過去，整座學校原本有三棟、三層樓的教室，除了國一到國三的教室、以及其他另有特殊教材的教室之外。有些教室是空閒的，因為少子化，招生愈來愈不足，所以空置的教室，有愈來愈多的趨勢。

下課鐘聲響了，同學們雀躍的奔出教室跑到操場上，爭取短短十分鐘時間，打打球、上廁所、活動一下筋骨。

周怡萱和郭秀珍一起走到操場，旁邊有一棵槐樹下，剛好擋住太陽，足以遮陰。

幾陣清風徐來，讓她倆昏昏欲睡。

郭秀珍高舉雙手，舒展胸肌，打了個哈欠：

「啊……，昨晚晚睡，好想睡覺喔。我剛剛上課時，一直打嗑睡。」

周怡萱笑道：

「我看到了。不曉得是誰，一直向老師點頭。」

「哎！別取笑我了。妳呢？」

周怡萱聳聳肩，又搖著頭，表示沒什麼可以說的。她白皙的臉蛋，映著陽光反光，平滑而水亮。

「我指的是，新生報到那天之後，還有遇到什麼奇怪的事嗎？」

「沒有。」思索一會，周怡萱忽然接口：「妳記得以前我小二時，坐在我旁邊的男生嗎？後來分班了。」

「知道啊，矮矮胖胖的，我記得他的綽號叫冬瓜。」

周怡萱點頭：

「他本名陳東川。喔，妳不知道，他現在長好高了，我都認不出來。」

「妳在哪遇到他？」

「回家路上，是他先叫我的，因為他看到我穿著跟他同樣的校服。」周怡萱臉上光芒一閃。

她兩人回家路線不一樣，因此，郭秀珍不知道這件事。

「然後呢？妳就跟他聊起來？」

「嗯。」輕輕點頭，周怡萱接口說：「陳東川說，他哥的同學，讀我們學校，應該說是我們前幾屆的學長，畢業很多年了。」

郭秀珍一隻手在空中比劃著，末了放下手：

「唉唷！太複雜了。妳還是說，到底是什麼事？」

「學長告訴冬瓜，很多年前，學校暗地裡流行一個順口溜，加上一則『鬼跳傳說』。很有名的，直到發生某件事之後，學校下了強制令，才沒有人再念。」

「順口溜？那是什麼？他有說嗎？」郭秀珍饒有興味地問。

周怡萱不知道什麼「鬼跳傳說」只聽到順口溜，她清清喉嚨，低聲唸道：

「跳棋、跳棋，我愛跳棋；跳棋、跳棋，我……後面我忘記了。」

郭秀珍捧腹大笑。

「笑屁啦！有什麼好笑？很難聽嗎？」周怡萱上她一個白眼。

「不、不，很好聽啊。只是太幼稚了。」郭秀珍好不容易止住笑。

「哼，想學嗎？」

郭秀珍豎起一根手指頭，左右搖搖，想想，忍不住又笑了。周怡萱伸手拍了她的肩膀。

這時，上課鐘響，兩個人笑鬧一團的進教室。

◧

時間過得很快，才一轉眼，就到了放學時間，郭秀珍和周怡萱習慣性的會一起走，但周怡萱輪值打掃，郭秀珍跟她約好在校門口等她。

周怡萱原本動作就比較慢，所以跟郭秀珍約定要一起走後，讓她愈想趕快打掃。只是，心裡愈急，動作卻愈慢。

許多輪值的同學打掃完，一一離開教室，只剩下她。

「快快快，只剩下一點點了。」心中這樣鼓勵著自己的周怡萱，沒注意到整間教室都沒人了。同時，教室的光線也漸漸暗了下來。

忽然，外面傳來一陣又低、又慢、又沉重的聲音，聲音像唱歌，卻又不太像：

——跳……棋、跳棋，我愛……跳棋：跳、跳、跳……

周怡萱呆住了，停下了打掃的動作，整個腦袋、整顆心都被吸引。她完全忘記了自己在做什麼，但因為音調熟悉，所以不自覺跟著哼唱，還一面歪著頭，甩呀甩的……

◨

校內同學們幾乎都走光了，天色也暗了下來，郭秀珍等得不耐煩，本來想自己先走算了，但又想到跟周怡萱約好了。

於是，她轉進入校內往教室走，發現整排教室幾乎都關燈，也上鎖了。

走到三班教室，門沒鎖，但裡面暗暗的，沒人。

郭秀珍走到周怡萱座位，發現她的書包居然還在。

她喊了幾聲……心中升起了一股害怕的感覺，急忙退了出來，在走廊上發呆。

忽然想起新生報到那一天！

於是，她轉出走廊，急忙往第三棟教室方向而去……

II

經過草圃時她抬頭上望，天色雖暗，但有些微灰暗的天光，讓第三棟教室像一隻蹲踞在暗黑中的怪獸。

她這會兒更猶豫了，要不要上去呀？就在這時，三樓走廊外的牆上，探出了一顆頭。

那顆頭看似男生，但不一會兒，頭忽然甩冒出及肩頭髮……周怡萱正是留著及肩的頭髮！

郭秀珍連忙揮手，大叫道：

「周怡萱！」

那顆頭轉過來，望向郭秀珍。郭秀珍看不清他的臉，只看到一對發出綠光的眼睛。

那顆頭往牆外探出來，接著是脖子、上半身、下半身，整個人攀出牆，然後往下一跳！

這些都只是在短短幾秒間的事，郭秀珍來不及叫喊，眼睜睜看著人影筆直栽進花圃，她依稀聽到人體劇烈碰撞到草地所發出的沉悶聲響。

「呀——不要！」

郭秀珍顫抖著手，拉緊自己胸口，想喊的聲音卡在喉嚨裡。

忽然，她身後衣領被強力往上拉，嚇得她驚聲狂吼：

「哇呀——」

「同學！妳在這裡幹什麼！」嚴肅的怒斥聲，響自郭秀珍背後。

原來值日老師都會巡視校園一圈，這時剛好看到郭秀珍。

郭秀珍結巴地指著上面說：

「老、老師，有同學、跳、跳、跳下來！」

這位男老師姓方，他瞪大眼睛，臉色嚴肅極了，聲音也更宏亮：

「胡說！下課了不回家去，在這裡幹嘛？」

「真、真的啦！我、在找我班上同學，她、她在三樓上面跳下來，掉到草……」

方老師看著郭秀珍胸前名牌：

「亂講！我怎麼沒看到？三班的？同學，知不知道妳犯了校規？」

郭秀珍急得眼眶都紅了，猛然搖著頭。

「學校規定，學生不能上三樓，上面哪可能會有同學？」

郭秀珍急得跳腳，方老師領她走向前方另一塊草圃，也就是郭秀珍看到人跳下來的地方，並用隨身帶著的手電筒，四處巡照一遍，都沒人！

郭秀珍雖然覺得不可思議，不過也總算安下心，但手腳還是微微顫抖著。

方老師斥罵了幾句，說下次再被他抓到擅闖三樓，就要記大過。

原來新生報到那天，郭秀珍和周怡萱糊塗的離開操場，並未聽到不准學生到末棟教室來的規定。

■

郭秀珍垂頭喪氣往外走，在校門口，周怡萱從後面追上來，拍了一下她的背，害她又嚇一大跳。

「啊——我的天啊！妳到底跑哪去了？」

周怡萱精神似乎很好，說話又急又快，這不像平常的她。

「哈，我在找妳吶。」

「亂講，我等不到妳，所以跑進教室去……」郭秀珍看著她的誇大舉止，一面說出又跑到末棟三樓，遇到了值日方老師，還被訓了一頓。

不過周怡萱似乎沒在注意聽，她眼神飄忽，忽而左顧右盼；忽而搖頭晃腦。

郭秀珍末了問道：

「對了，妳知不知道，學校規定不能到末棟教室的三樓？」

周怡萱聳肩、搖頭、又歪頭：

「哪來這種校規？沒聽過。」

「那我現在告訴妳了，妳已經知道，不要犯了校規。」

郭秀珍愈看，愈覺得她有些奇怪，想起剛剛好像看到她從三樓跳下來，便又問道：

「我問妳，妳剛剛有到末棟三樓上面嗎？」

周怡萱斜眼看著郭秀珍，點頭又搖頭：

「剛剛嗎？沒有，可是前幾天有去過。咦，我記得妳不也在三樓嗎？」

「妳說的是新生報到那一天？」

「哈，就是那天。」周怡萱神祕的低聲說：「對了，告訴妳，我呢，就要解脫了！」

「什麼意思？」

周怡萱不回答，反而開口唱道：

「跳棋、跳棋，我愛跳棋；跳棋、跳棋，我……」

一邊唱的同時，周怡萱一邊手舞足蹈，這引起路人的側目，郭秀珍深感尷尬，連忙拉下她的手。

周怡萱掙脫郭秀珍的手，繼續唱：

「跳棋、跳棋，我愛跳棋；跳棋、跳棋，我……奇怪，剛剛有人教我怎麼唱耶，可是，我忘記了。」

「好了啦！拜託別唱了，大家都在看妳了。」

周怡萱靜下來，但卻垂頭、蹙眉，一副苦思樣子。

郭秀珍也不想理她了，兩個人走到分叉路口，各自往回家路走。

回到家，郭秀珍把周怡萱的怪模樣告訴媽媽，她媽媽回道：

「剛升上國中，跟國小都不一樣，難免的啦，等過一陣子，適應國中生活就會恢復正常了。」

◧

國中課業繁重，三班導師求好心切，遇到課業比較輕鬆的週四、週五，會要求班上同學留下來晚自習。

今天是週四，下課後，大家都留下來晚自習。

不過不到一個鐘頭，同學們就都在收拾書包準備離開教室。

郭秀珍說她家有事，跟周怡萱道聲再見，也早退了。

書看到一半，周怡萱轉頭問坐她後面的同學：

「妳有聽說過一句順口溜嗎？」

「沒……」頭搖一半，同學忽停住，接著說：「呀！是不是什麼我跳、跳、跳的那首？」

周怡萱點頭：

「跳棋、跳棋，我愛跳棋；跳棋、跳棋，我跳、我跳……」

「對，對，我聽說過。不過別班同學說，最好不要亂唱。」

「為什麼？」

同學搖頭。

「妳知道後面接著怎麼唱嗎？」

同學又搖頭，周怡萱連續問了幾位同學，竟然沒一個知道，她失望的轉回頭，繼續看她的書。

不知道過了多久，空蕩蕩的教室外面，忽然傳出那句順口溜：

——跳棋、跳棋，我愛跳棋；跳棋、跳棋，我跳、我跳……

周怡萱渾身一震，倏然起身，追出教室外。

剩下的幾位同學們，依然自顧看著書。

◧

次日，也就是週五一大早，周怡萱被發現躺在末棟教室前的草圃上，四肢扭曲狀還往後折，死狀很慘。

出了人命，校方立刻報警，連媒體都來了。

根據法醫檢驗結果，亡故者是跳樓自殺，校方對外宣稱，這位同學受不了課業壓力太大，因而跳樓。

警方問三班同學，最後幾位看到周怡萱的同學們，大家說詞都一樣，說看書看到一半，周怡萱就突然跑出教室了。

警察問：「有聽到她說什麼嗎？」

「沒有，都沒有。」

警察又問：「跑出教室前，她有跟誰說過什麼話？」

同學們頓了頓，才回答：「也沒有。」

事實上，在報警之前校方已經詢問過同學，同學回說她曾問過順口溜的事情。

校方嚴肅交代，不要提起什麼順口溜的事，要是有人不小心說出來，可能會有麻煩。

跟周怡萱最麻吉的郭秀珍傷心極了，她不相信周怡萱會自殺。記得週四那天下課時，她因為家裡有事要早退，跟周怡萱道別時，周怡萱毫無異狀，根本看不出來有自殺傾向呀！

但為什麼周怡萱會跑到末棟教室的三樓跳下來？如果真的想自殺，前面幾棟教室樓，都可以跳呀？

郭秀珍堅定的告訴自己，周怡萱是被人害死的！而且校方是想掩蓋事實，保護兇手。

◧

校方處裡周怡萱事件的態度過於草率，這讓郭秀珍相當反感。

就在事件逐漸平靜下來後，郭秀珍仍不放棄的一再追問，也終於由同學身上悄悄挖出了些蛛絲馬跡……

坐周怡萱後面座位的同學，悄悄告訴郭秀珍：

「她突然轉過頭，突兀的問我有沒有聽說過一句順口溜。」

聽到這個，郭秀珍臉色遽變。再一細思，恍然想起她跟周怡萱相約在校園門口那天，依稀記得周怡萱說過：我呢，就要解脫了！

當時，她不曉得這是什麼意思。難道……跟順口溜有關？難道這就是原因？

後來，郭秀珍又聽到同學們道出校方嚴肅的交代不得提起順口溜。還有方老師說過：不准同學擅闖末棟教室的三樓……這些禁忌一連貫起來，她似乎明白了整件事的來龍去脈，顯然不單純。

多年的好友感情，音容宛如昨日猶在，讓郭秀珍更篤定她要為好友找出死亡的原因。不過要調查不容易，郭秀珍猜測，一切的所有根源一定就在末棟三樓！

那裡有什麼祕密？這更引發了郭秀珍的好奇！所以，晚自習時間，同學們都在啃書，郭秀珍悄然起身，摸到末棟教室。

一面踩開步伐，郭秀珍一面在心裡祈禱：「怡萱，怡萱，是誰害死妳，我要找出兇手，妳一定要保佑我順利找到證據。」

末棟教室附近，陰晦、淒寒、空蕩……郭秀珍幾度停腳，數次猶豫。最後，一股正義勇氣，支持著她，越過最後一排草圃，末棟教室赫然在望。

她繼續往前。

◨

郭秀珍腳步又慢、又輕，末棟三樓的樓梯很寬廣，她拾級而上，走到二樓樓梯半截的轉彎處，忽然傻眼愣住了！

鏤空鐵門將樓梯關得緊緊，上面鎖了一把大鎖。

她回想著，記得第一天的新生報到，她和周怡萱一齊迅速下樓時，並沒有注意到是否有鐵門，也許有，不過並未關上或是上鎖呀。

她眼睛溜向圍住鐵門的黃色警戒布條想到了，是因為周怡萱跳樓亡故，學校才關上鐵門，加上了鎖。

怎麼辦呢？

郭秀珍一手扣住鎖匙，一手拉住鏤空鐵條，用力搖晃著。

陰暗又空曠的樓梯，響起沉悶回音，讓她心頭一震，連忙放開手轉身下樓。她想找花圃附近，看有沒有磚塊、大石頭之類的，以便敲開鎖匙。

走到一樓和二樓轉彎處，忽然傳來「嗤！」一輕笑聲，郭秀珍頓住腳細聽，沒有動靜，她又繼續下樓梯。當腳懸在空中時，一個男生聲音傳來：

——呵呵……來……跟我來喔。

這聲音很耳熟，非常耳熟。不久前才聽到的，但卻想不起在哪聽過。

——呵呵……來……跟我來喔，快。

郭秀珍聽得很清楚，聲音從上面傳下來。她心想，果然這棟三樓另然有其他同學。

這跟她猜測的一樣，周怡萱不是自己跳下樓，搞不好是那位男生推她的。

於是，郭秀珍轉身，快速往上走。

二樓樓梯半截轉彎，鏤空鐵門洞然大開，黃色警戒布條被拉掉放在地上，一位男同學站在中間。他穿著郭秀珍同校制服，只是制服皺巴巴，還髒髒的。

入目之下，郭秀珍又是一陣愕然，這男同學有點眼熟。

「你是誰？」

沒看到男同學張口，但郭秀珍卻聽到他說：

——我是誰不重要，重要的是妳……妳想上來。

「又不知道你是誰，萬一我上去，被你害死了呢！」

男同學咧嘴，狀如在笑。

「笑屁呀！我最好的朋友都被害死了，我不謹慎些不行。」

——王、資、清……

「王資清？沒聽過。」

話說到這裡，郭秀珍猛然想起來，他正是新生報到第一天，她在操場上看到那團褐色影子中，站著的那位男同學！因為時間間隔不長，所以她記憶猶新呀！

郭秀珍伸手，指著王資清，手指頭還在顫慄：

「你，你，不是……」

『人』尚未出口，郭秀珍看到王資清往下俯衝，她嚇一大跳。轉身想跑，王資清居然出現在她後面，不！這刻應該說他在她的面前。

「我怎樣？」王資清臉色灰敗，雙瞳的黑，逐漸蔓延到整顆眼睛，導致他雙眼發黑。

郭秀珍臉都嚇白了，她強自鎮定，卻難掩聲音發抖：

「我知道，你、是你、害死了周怡萱！」

王資清緩緩搖頭：

——我……不會害她，我怎麼會害她？

他聲音愈說愈響，讓整個樓梯迴音有如魔音般，令人驚怖，也重重衝擊著郭秀珍的心口。

■

不知道該怎麼辦，郭秀珍深深喘著大氣。

——呵呵……來……跟我來喔。

王資清又恢復正常，但兩顆眼睛黑忽忽地，看來就是恐怖。

「讓我走，如果你沒有……害周怡萱，應該也不會害我，讓我走。」

一句不太多的話，竟讓郭秀珍費了很大勁，才說完。

——沒有害她，當然不會害妳。來……跟我來喔。

「不要，拜託。」

郭秀珍不知何時，雙腿開始打顫。她知道要趕快走，可是竟然無力邁開腳。

——我說過，我不會害妳，聽不懂嗎？快跟我來。

「去、去、跟你去哪……裡？」

——去找妳的好朋友。

「你說周怡萱？」郭秀珍忽地大聲問。

王資清點頭。

「她、她在哪裡？」郭秀珍轉頭，四下張望。

——呵呵……來……跟我來喔。

發出聲音後，王資清轉身，往樓上而去。

他沒有害周怡萱，難道周怡萱沒有死？

想到這裡，郭秀珍猶豫一會，邁開腳步也跟上去，但只上了三級樓梯，猛看到王資清爬樓梯，雙腳沒踩到地，是懸空在樓梯上，她頓時停住腳……

——呵呵……來呀，來找好朋友。

郭秀珍還是不動，已上了二樓的王資清半側著身，發出聲音：

——難道妳不想知道嗎？

「想……知道什麼？」

——跳棋、跳棋，我愛跳棋；跳棋、跳棋，我跳……

「順口溜？」郭秀珍乍地接口道。

——呵呵……跟我來，妳就知道……

一道光芒忽然閃入郭秀珍腦際，難道周怡萱已經知道答案了？

於是她加緊腳步，跟了上去。

上了三樓後，王資清突然變換腳步，他不是用飄的，用跳的，一面跳，一面吟唱出順口溜……

——跳棋、跳棋，我愛跳棋；跳棋、跳棋，我跳……

這時，兩人右轉彎，走在教室的走廊上，走廊上暗濛濛地。

郭秀珍心急地，截口問：「周怡萱呢？她在哪？」

王資清重複吟唱著順口溜，手指著走廊旁的圍牆。

郭秀珍趴到圍牆往下看後，腦中傳來一股聲浪：

——跳下去！跳下去！

夜空黑漆漆，吹來陣陣寒風，讓郭秀珍略為醒腦，她看到樓底下好高，忙縮回頭：

「周怡萱呢？怡萱，妳在哪？」

——不要叫！我說過不會害妳們兩人。

「你快叫周怡萱出來，快放我兩人回去。」

——跳棋、跳棋，我愛跳棋；跳棋、跳棋，我跳，我跳，我跳死棋……

王資清愈念愈響，郭秀珍這才恍然明白，順口溜的最末一句，竟然是跳『死棋』！

此時，不知哪來的一陣強風，把她整個人吹翻，還把她吹滾上圍牆，就好像有人將她給拱上圍牆般。

趴在圍牆上，郭秀珍看著樓底下，腳底起了陣陣顫慄、痠麻，頭也暈暈然。

寒冷、害怕，使郭秀珍更清醒了：

「放我下來！放我下來！我要找我朋友，我……」

——呵呵，傻……瓜，跳下去，馬上可以找到妳朋友。

「不！不要！放我下來！」郭秀珍淚痕滿面，顫抖的哀求著。

——跳！跳下去，跳死棋！跳下去……

忽然，又是一陣強烈寒風襲來，使郭秀珍的衣服、裙襬整個掀翻開來，衣服受到強風拉扯，像要把郭秀珍給刮扯下樓。

雖然她兩手緊緊攀住圍牆的牆面，可惜，她的手不是吸盤，跟著陣陣強風，不斷搖擺、不斷晃蕩，只要再刮來一陣強風，恐怕她就要往牆外翻掉下去……。

■

——掉下去後，沒有痛痛，沒有害怕，沒有暴力，什麼都沒有。

王資清跳起，衝向圍牆外的虛空中，手舞足蹈的比畫完，凌空伸出扭曲、歪折的雙手，作勢要拉郭秀珍。

郭秀珍駭怕得躲無可躲、閃無可閃，一個不小心，她的右手、右腳往圍牆外偏掉，她驚聲大喊……

事實上，王資清無法碰觸到實體的物事，連郭秀珍的手、腳、身軀、甚至衣服都碰觸不到，只是被它這樣恫嚇，尤其在這麼高的圍牆上，很容易因害怕而掉下去。

郭秀珍身體幾乎已掉出一半在圍牆外了，王資清一會升空、一會俯近、一會作勢拉她，就是迫不及待要迫使她掉下去。

郭秀珍奮起餘力，跟王資清纏鬥，一個不小心，左腿又撇向牆外：

「哇呀——」驚聲狂吼一聲，她手頓然一鬆，眼看就要掉下樓……她知道，完蛋了！閉上眼，她只有靜待命運的安排，再一陣寒風襲來，郭秀珍真的掉下去了。瞬間，身上傳來一陣劇痛！

張眼一看，她發現自己是掉到圍牆內面，也就是掉到走廊上。

全身顫抖不已，郭秀珍淚眼模糊中，看到身邊站了一道呈淡白色、半透明的、很模糊的鬼影。

王資清由牆外天空，倏地飛奔而來，撞上這道白色鬼影，兩道虛幻似的鬼影子，旋轉、糾結，纏繞著翻滾上夜空；又糾打在一起地往下降到地面上。

郭秀珍看傻眼了，她忙爬起身，探頭往樓下看。

王資清被壓在下，白色鬼影伸出鬼手、鬼腳，整個包裹住它。

這一幕，從來不曾見過的鬼打架，她是第一次看到。

不一會，兩道鬼影又纏打上來、直上天空，王資清手腳揮舞地，突然大喊：停！

白色鬼影顯然佔上風，它又拳出腳踢，打了王資清幾記，這才住手。

——妳很大膽！竟然敢救她。

說著，王資清伸手，指向躲在圍牆內的郭秀珍，郭秀珍急忙蹲下，躲起來。

——為什麼要害她？

——妳不懂！跳棋呀，少了一個，怎麼行？

——你害死我，不就有兩個，可以玩，為什麼還要害人？

郭秀珍聚緊眉心，這聲音，雖然感到支離破碎，可是那聲調、音色很耳熟。

——妳懂個屁，三個才好玩。三個才激烈，我喜歡三個拚玩。

夜空颳起一陣寒風，竟然是白色鬼影的呼氣聲：

——不要再害人了。不准你害她，我不准！

聽到這話，郭秀珍忍不住悄悄直起身，偷瞄，她看到白色鬼影的輪廓，還是很模糊。

——哼哼！還不是因為妳最近才來我這個空間，靈力比我強，不然，哪是我的對手？呀！

——這個帳，我會跟妳算。現在，妳走！趕快走！

呼吼著，白色鬼影驀地伸長臂膀，作狀要打王資清，王資清忿忿然，轉望向郭秀珍藏身處，由牆縫中，郭秀珍看到他臉上，現出猙獰醜貌，黑忽忽眼瞳，陰晦綠芒一閃，頓時整個鬼影消失在夜空中。

◘

郭秀珍四下尋望著，一面尋找王資清，確定他離開了；一面想看清楚白色鬼影，它應該也走了，可是，到底它是誰？為何會有熟悉感覺？

——妳在……找我？

鬼聲倏然由身側傳來，郭秀珍嚇一跳，側轉個身，背部抵緊圍牆，白色鬼影赫然懸空，飄立在她面前。

「妳……妳是……？」郭秀珍不敢確定，只是感到它很像……

——謝謝妳為了我跑到這裡，很有勇氣。不是一般人做得到喔。

郭秀珍忽然淚眼盈眶，激動地：

「妳真的是周怡萱？」

白色鬼影點頭，下一秒，郭秀珍衝上前要抱住周怡萱，周怡萱的鬼影卻突然地往後飄退。

抱了個空，郭秀珍百感交集，一來感念好友剛剛救了她；二來，她很想念好久不見的好友。

「妳怎知道？知道我、我要查出是誰害死妳，我……」郭秀珍聲淚俱下，哭癱在地。

周怡萱的鬼影簌簌然，導致它渾身不清晰的線條，抖顫而模糊，似乎傷懷至極。

——快……離開。我們已經……不能像以前那樣，妳……好好用功。

郭秀珍搖頭，搖掉串串淚水。長這麼大，第一次這麼傷心，她不知道心碎是這樣的痛徹心斐。

——以後，不要再來這裡，不要犯校規。以後，妳會交更多好朋友。再見……

拖著長長鬼音，周怡萱的鬼影黯然消失了。

郭秀珍情不自禁，伏在清冷的地上，哭了整整一個多小時。後來，整個人暈死過去。

隔天，校方發現禁地的鐵門被打開，圍起來的黃色警戒條被撕破，又發現郭秀珍倒在三樓的禁地……

她這算是犯了重大校規，所以被叫到訓導處訓話，她向校方表示，她想轉學。

因此，她由訓導主任口中，知悉了祕辛。

原來數年前，在末棟教室的三樓教室裡有三位同學：游柄杰和林瑞錦、王資清很喜歡玩跳棋，還被冠上「跳棋三鐵人」的雅號之稱。

不久，其中王資清居然跳樓自殺，引起軒然大波。

校方追查發現，原來他的跳樓，另有原因。可是，校方卻掩蓋了這個消息。

王清資從小就受到父親長期家暴，即使上了國中，父親還是照樣酗酒、對他暴力相向，他受不了，一天從三樓教室跳下亡故。

據說他曾透露過，玩跳棋的時候是他最高興的事，因此他死後，充滿怨氣的怨靈，幾乎天天排徊在末棟教室，為的就是想找同學繼續下棋。

「跳棋三鐵人」的另兩位，曾經被迷惑，拉去玩跳棋，接著也差點發生跳樓事件。所以，兩位同學最後都轉學了。校方為了把這件事抹平了，不讓此事曝光，將末棟三樓移作他用，並列為禁地。

第二帖

悍鬼報恩

北部某海事專校，很久之前就有個傳說，說是輪機實習工廠有鬼，但卻沒人遇過。

林三德、李育成，兩人同樣來自於南部、同系，加上同租一間房屋，所以自稱是哥倆好，寶一對，說起來還真的很貼切。

這天早上，林三德、李育成倆人說說笑笑的經過校園，一眼看到同科系同學——趙立安，背對著他們，正坐在花圃的涼亭上用功。

兩個人一使眼色，露出壞壞笑容。

接著，林三德由一疊講義裡，抽出一張影印紙，鬼鬼祟祟的遞到趙立安面前。

「幹嘛？」趙立安滿臉不解。

「認識這個人嗎？」

書讀得正起勁的趙立安，有點不爽地反問：

「為什麼我要認識這個人？」

林三德露出一臉錯愕，李育成由一旁湊近來，說話聲浪壓得低低：

「你不能不認識他，因為他跟我們同生同息……」

趙立安滿臉不認同地瞪著他們，說：

「我看是你們跟他同生同息吧。那可不包括我，我又不認識他。」

「錯，錯，」李育成立刻接口說：「我問你，你是不是輪機工程學系？」

趙立安斜瞪李育成，露出好笑表情，反問道：

「這話可奇怪了，兩位都跟我一樣，不是嗎？」

「呀哈，這就對了。」說著，李育成雙手一拍，大聲道。

「那又怎樣？我搞不清楚兩位到底想跟我說些什麼？不好意思，我很忙，如果沒事，我要自便了。」

趙立安瞪一眼兩人，轉回頭，自顧翻著桌上的書。

「唉唷唷，我說三德，你遇到一顆又臭、又硬的頑石，什麼都說不通啦，我看算了。」

林三德無奈的聳聳肩，不理李育成，對著趙立安背部說道：

「我很有愛心，為了同學著想，如果你不領情，萬一遇到事情，不要怪我沒提早告訴你。」

「好吧。」趙立安轉回頭，作勢抓掏著耳朵：「為了同學愛，我姑且聽聽看，好同學到底想跟我說什麼。」

林三德和李育成對望一眼，心照不宣地一笑，接著，林三德重遞出手上影印紙：

「看到了？這個人，叫做蕭天藍。跟我們同科系，就是流傳很久，關於『輪機實習工廠鬼故事』的主角」。

「然後呢？」趙立安一副老神在在樣，臉不變、眼不眨。

「沒有嚇到？」一旁的李育成搧風點火地問。

只見趙立安還是木木然，沒有反應。

林三德和李育成甚感無趣，自然戲也演不下去，只好草草收攤——把影印紙收回他那一疊講義裡。

這時，趙立安看那張影印紙一眼，還是沒有表示什麼。

「不過呢，也是啦，」林三德訕訕的說：「都是陳年老梗，無非是拿來嚇學弟妹而已，不要怕。」

「我認為，心中無鬼，半夜敲門不耽心。而且，我們不害人、不殺人、不設計人，有什麼好怕的？」

「是沒錯。不過我猜，或許歷屆學長們有人遇到過卻三緘其口，不然為什麼會流傳這麼久？還讓我們聽到這些事？」李育成說。

趙立安並未問他們，聽到什麼，也許他不想問；也許怕問了徒增煩惱。

最後，林三德和李育成一致表示認同趙立安的說詞，這件事就在他們拍拍手後，結束了。◧

當天下午，最後一堂是實習工廠課，林三德、李育成和趙立安三個人，原本就是一組，上到一半剛巧林三德和李育成都有事，必須提早離開教室，剩下趙立安，進度當然差了很多，眼看各組同學們做過實驗，老師批過分數後，都一一離開了，只剩下趙立安孤軍奮戰。

隨著天色愈暗，教室內也逐漸黯矇，雖然開燈但光線還是不如白天的亮。專注在課業實驗上的趙立安，沒有注意到有同學走進教室，直到這位同學站在他面前。

他一看，既不熟，也非同班同學，便自顧低頭做他的。

「喔，同學你好厲害，居然會。課本上的這段，我始終學不來。」

趙立安又看了他一眼，雖然聲音低沉還帶著鼻音，不過聲音頻率卻有點耳熟。

其實，趙立安很用功，上課很專心聽講，下課回家總要溫習幾次。不像林三德和李育成，心思不在這裡。

「沒什麼，多用心就會了。」說著，趙立安轉個方向，繼續全心專注。

這位同學跟著轉了方向，依舊站在趙立安旁邊，一面看、一面講話。

有時問問題，當然都是課業上的；有時他就跟趙立安隨意哈啦。

可能過於專心，沒感覺時間過得快，最後，趙立安轉到及人高的輪俥前，一面轉動輪車，一面計量著輪俥角度，再記入一邊的本子內。

這個輪俥，通常是安置在駕駛艙內，駕駛艙是一條船的中心點，舉凡船要前進、轉彎，眺望海面、監看甲板種種狀況，都是待在駕駛艙的人的職責，所以角度很重要。

他——這位不速之客，跟趙立安面對面，站在輪俥的另一邊，他正半蹲著，直著頸脖、歪頭目注輪俥。

趙立安一轉眼，他這個角度，恰巧看到這位不速之客伸得長長的脖子。

趙立安發現他的脖子上，有一道不算小的傷疤！

心下大驚，但表面上趙立安不動聲色，繼續打量他，頓然發現，這個人的制服有點老舊、又破損，重點是他身上制服、髮型，完全跟時下同學們都不一樣。

他適巧對上了趙立安的雙眼，直起身，朝趙立安露齒一笑。

趙立安攏聚著眉心，咦？這個臉孔有些眼熟……

一邊努力想著，趙立安一邊問：

「同學，你哪一屆的？也是輪機工程學系？」

他沒出聲，接著雙腳又抖又交互摩擦，趙立安眼睛順著他雙腿，往下望！

他站立處，居然從褲管流下一攤暗紅色液體。

「哇呀！你、你、你……」

趙立安吃驚的支吾著，看到自己伸出去的手指頭在顫抖……

他低下頭，看一眼腳底液體的物事，又抬起頭——趙立安跟他對上眼，接著發現他嘴角淌下一道血水，雙目眼眶刺眼地紅豔豔。

趙立安慌措地退向教室角落，額頭冒冷汗，只聽同學幽幽開口：

「不要怕！心中無鬼，半夜敲門不耽心。你不害人、不殺人、不設計人，有什麼好怕的？」

他的聲音很熟，這話更熟悉，原來是自己曾說過的，就在今天早上。他猛然想起來，他……正是那張影印紙上的人——蕭天藍！

◧

蕭天藍緩緩地、一步步的逼近來，看他手腳的舉動，跟木頭一般僵硬。

趙立安渾身除了冒冷汗，胸口恍如被巨石壓擠，心臟快無法呼吸了。他踉蹌的後退、一會往左、一下往右的，全然不知所措，緊繃的思緒，還橫迴轉，忽然想到，同學們呢？為什麼大家都不在？

輪機工廠教室，原就比一班教室來的長，這會兒因天色的關係，看起來更加陰鬱。加上前面這個——逼近的、滿臉紅色血水、猙獰的鬼，趙立安只感到自己快暈了。

趙立安背靠著牆壁，已經沒有退路，它則逐步逼近。

大口喘著氣的同時，趙立安看到不遠的牆角，有一根長鐵條。

不知道哪來的勇氣，趙立安橫竄數步，撈起鐵條，驀然轉身，舉高鐵條就要打鬼……

鬼突然後退，趙立安相當意外，鬼居然也會怕「打」？

趙立安登時勇氣百倍，跨大步追它。

喔哦，鬼跑得好快，趙立安追得更快，奔行一會，鬼突然撕掉臉上的面具、扯下身上破爛的衣服，同時大聲嚷：

「不要追，不要打，是我，是我啦！」

也許是昏頭了，還是駭極必反，趙立安就是不肯放手，惹得鬼哇哇大吼大叫：

「不玩了啦！喂！李育成，救命呀！」

鬼連連發聲求救，眼看就快要被趙立安打到了，他步履一轉，跑出教室外。

趙立安依然高舉鐵條，跟著追出教室，走廊外的那一邊，林育成夥同其他幾位同學同時出現了，鬼跑到那夥人，一下就鑽入他們的背後。

趙立安終於停腳，臉色白慘慘的喘著大氣。

原來，調皮的林三德和李育成暗地計畫，演了這齣鬼戲要嚇唬趙立安。

為了演出逼真，還拜託其他幾位同學幫忙，有的幫忙找出以前舊款式校服；用一些面紙、碎布片幫忙上妝，改變臉容形狀；還準備紅色素的液體，暗藏在臉頰上幾個地方，林三德用力按著臉頰，類紅色血液就往下流，並且將紅色包，藏吊在大腿上，他雙腳又抖、又摩擦時，弄破包包，血就往下流了。

最後，大家還藉故早退，剩下趙立安單獨留在校室。

趙立安氣得七竅生煙，那些幫忙的同學，都差點被他以鐵條K頭。

同學們一再道歉，還提出要好好請趙立安吃一頓收驚大餐後，趙立安總算不計較。

不過想想，趙立安還是有疑問，他望著林三德頸脖：

「為什麼你要在脖子貼上這個？」

林三德聳著肩膀，指著旁邊幫忙的幾位同學：

「我也不知道，他們說這樣才更逼真。就連聲音也經過大家討論，讓我嘴裡含著薄片，壓低聲浪，免得讓你認出是我。」」

趙立安瞪著林三德，一一瞪向幾位同學：

「其實，你說話時，我就感覺你的聲音頻率有點熟，聲音沒多大變化，只是看到你一身陌生的穿著，根本沒料到是這麼惡劣的你。」

「不要這樣啦，以後我絕不會再作弄你了。」

「還有下次？哼！」

一群同學，就這樣一面說，一面步出校門，而天色已經完全黑盡了。

◧

事情過了一個禮拜後，某一天下課時，林三德和李育成走出學校大門，被後面的人喊住。

「學長，什麼事？」

他倆回頭一看，是方信典，他也是『輪機工程學系』，三年級，比林三德高兩屆。

說著，林三德一拉李育成，兩個人同時立正、行個舉手禮。

「好了，別開玩笑了，我有正經事。」方信典皺眉，說。

「耶，學長，我們向你行禮可是正經八百的，誰跟你開玩笑？」

「好啦！好啦，廢話少說，走！」

「去哪？跟你約會？」林三德一副好笑表情，裝模作樣地：「不要啦，學長既不是女生、又沒帶女生，我們……」

「你很囉唆耶，走啦！」手一揮，方信典擺出臭臉。

三個人到學校對面一家冷飲店，落座後各點一杯冷飲。

方信典伸長手：「還我！」

「啥？」林三德眨著眼，滿臉不解。

「那張影印紙呀！」

「齁！拜託，學長，你嘛幫幫忙，一張影印紙？才幾塊錢，有必要那麼小氣嗎？」

說完，林三德吸著飲料。

呼了口氣，方信典抬高臉頰，露出下巴，喉嚨上有一條瘀青，直通到脖子兩邊，看起子來特別顯眼。

「那是什麼？」李育成問。

林三德露出壞壞的邪笑，聲音曖昧：

「我知道了，學長其實不必讓我們知道，那是你跟你女朋友之間的事，我們幫不上忙哩！」

方信典突然一拍桌子，害另外兩人嚇一大跳，半天不敢出聲。

「影印紙快還我！」

「好、好啦，不過不在我身上，我得回去找找看。」

「在你租屋處？我跟你一起回去拿。」

「耶，這、這個……」林三德囁嚅的閃閃眼。

方信典炯炯然盯住他，一字一頓的：

「不要跟我說，你把那張紙搞丟？撕破？」

「給我時間，我一定會找出來。」林三德急忙說：「只是，我好幾堆講義，不知道塞到哪一疊去了。拜託，明天好嗎？明天一定送到學長教室給你。」

聽到這話，方信典緩和臉色，一旁的李育成忍不住開口：

「學長，那張影印紙，很重要嗎？」

方信典轉看他一眼，蹙緊眉心，語重心長地：

「我不該跟你倆講校內這段傳說，更不該把這張影印紙拿給你們。」

林三德和李育成雙雙睜大眼，不解看著方信典。

方信典不再說話，悶頭喝他的飲料。吸盡最後一滴飲料，站起身，林三德和李育成見狀，連忙把飲料也喝光，起身跟著方信典跨出飲料店。

兩個人像跟屁蟲，尾隨著方信典。走到街道盡頭，方信典停住腳等紅綠燈。一會兒，綠燈亮了，他起步，後面兩個人仍然跟在他後面。

等過了大馬路，方信典突如其來地轉頭：

「幹嘛跟著我？我記得你們住處不是往這裡走？」
「學長，你沒把話說清楚，我們沒辦法安心回家。」
「為什麼？」方信典斜盯他倆問。
「學長看來有心事，我們不為你解憂，心理不安。」
「對呀！」林三德立刻接口：「至少讓我們知道你在煩惱些什麼。搞不好，我們可以盡點力量。」

◧

原來，就是方信典告訴林三德和李育成，關於輪機實習工廠，傳說的鬼事件。偏偏林三德不信，以為是方信典唬爛他們的，所以為了證實真有其事，方信典拿出影印紙作證。

但是這張影印紙的來源，他沒有說出來，林三德也沒問，只向他要這張影印紙。

影印紙給林三德後的某一天，方信典班級下午最後一堂，是『輪機實習工廠的課』。這天，在實習工廠教室。班上同學都很專注在課業上，忽然有廣播，請老師到教職員辦公室。

老師交代一番之後，很快離開了。

老師一離開，班上同學開始不安分，說話聊天、談論女生、說八卦……更有甚者，居然跑出教室在走廊廊柱抽菸，有人跟著跨出教室，在外面打鬧、嬉戲，還有人在走廊上奔跑玩耍。

方信典很認真，把最後的課堂作業完成後，伸展一下筋骨，左右看看，沒有一個同學認真在作業上。忽然，肚子痛，便去廁所大號。

一般說來，實習課通常排在最後一堂課，所以這時候已經接近黃昏了，陽光也很弱，雖然教室有開燈，不過號稱省電的ＬＥＤ燈，燈光看來都白慘慘的。

不知道是否因為教室裡，堆積太多機械工具的原因？或是實習工廠教室位處於校內最偏僻地點？還是是因為這裡曾發生過事故，才導致實習工廠的教室周遭，有一股說不出來的寂寥感？

有很多同學，都有這種感覺！再說，方信典似乎腸胃有點問題，上廁所時間好像拖久了一點，等他再回實習工廠教室時，同學們都不見了。

方信典四下尋看，看到角落只剩一位，他正埋頭專注於一台馬達的發動。

「同學，怎麼都沒人？大家都跑哪去了？」

那人沒理會，依舊埋頭做他的事。

這時，方信典看到同學旁邊桌上，有一張紙，紙的下半截，不斷的往上掀翻起來。

怪的是，那裡既沒有電風扇，或足以吹起紙的任何風力，而同學專注在他面前的馬達，當然不可能是他去搞「紙」的把戲！

方信典走近他，發現另一樁怪事！

馬達管線另一頭連著一台葉扇，馬達啟動的話，葉扇當然會跟著轉動。

方信典看到葉扇在轉，而這位同學雙手伸進葉扇裡面……他沒感覺嗎？

方信典當下反應到危險，毫不猶豫的伸手攀上同學肩膀，用力往後拉，企圖把同學的手，拉離開葉扇。

同學肩膀一縮，閃開方信典的拉扯，方信典急了：

「耶，你這樣很危險，在幹嘛？」

「沒看到我很忙？我在催它！」

方信典聽了，凝眼望去，赫然發現，馬達並沒有插上電，同學的手在葉扇間，作出迅速轉動的動作，只見他這隻手，時虛時實的晃動不已。

也就是說，葉扇的轉動，是因為同學的雙手在轉動！

方信典當下傻了，收回手，楞楞的問：

「你……你這是在做什麼？」

「沒看到？催轉它，把它印出來。」同學騰出另隻手，紙著桌上，不斷掀翻著的紙。

方信典被這隻手，眩亂得有些昏昏沉沉，腦海中升起個意念：「這是什麼邏輯？根本就是亂扯、亂搞嘛！」

方信典想著的同時，發現這位同學很陌生，不是他們班上的！

忽然，同學突兀的轉回頭，瞪住方信典，聲音頓如雷轟：

「誰叫你，竟然把我的紙給弄掉了，還不替我辦事情，什麼邏輯？你說呀！」

方信典又是驚嚇、又是耳鳴，整個人往後蹬退數步，撞到桌角，痛楚讓他清醒過來，連思緒也回來了。他記得……對了！是前幾週，他在這間教室，撿到一張影印紙，紙上是個陌生的臉孔，他曾經問過同學：「這是誰的東西。」但沒人承認，可是一股細音傳入他耳際——帶走它，帶它走。

當天夜裡，朦朧中有人跟他說了一大堆話，他完全忘記內容，只記得三個字『蕭天藍』。接著，一張恐怖、蒼白的大臉，佔滿他整個腦袋，然後他就被驚醒了。

他費了幾番心思跟教職員裡的林姐查探，但林姐也不肯明講，只是隱約告知方信典攸關「蕭天藍事件」。

林姐並且證實它的長相，赫然就是這張影印紙上的人。

但是，為什麼影印紙會突然出現在實習工廠教室內，還讓方信典撿到，原來是有原因的。

方信典因為心虛，不想擁有這張影印紙，又不敢把它撕破，丟棄垃圾桶。剛巧有個機會，便故作神祕的向林三德、李育成提起校內這則傳說。

「把影印紙還我，聽到沒有！」響雷似的聲音，乍然傳入方信典耳裡。

他倒吸口氣，讓自己鎮定下來，說：

「抱歉！我……把它送給人了。」

——我交代你的的事呢？沒有做到喔！

「什、什麼事？」

——哼！裝傻！

「我真的不知道。你……請問你何時跟我說的？」

方信典抬眼望他，看到他的側面，臉上線條菱角分明，尤其是下巴微戽，忽然昇起個直覺，有點熟悉感。

——你……無心……幫……我，我知……道

轟雷聲音，一響、一頓，好像從四面八，直逼向方信典而來，他咬緊牙齦，扭曲著臉，兩手掩住耳朵，轉身忙往後退卻。

就在這時，天花板上的燈光乍滅，整間教室陷入黑暗中。

方信典記得跟這位同學談不到幾句話，為何天色已整個暗濛了？

原來，他的時空感已經惑亂了。事實上，當他上廁所時，時間拖了很久，所以整班同學都已經下課回家，只剩下他一個人。

在視線不清楚下，方信典撞到硬物，痛得他頓腳彎身，又急於逃離教室，他伸手抓住一根東西支撐身體繼續往外跑。

跑到教室門口，他才發現手上抓的東西是活動的，可以陪他跑出教室。低頭看去，教室外面些微反光，視線雖然不清晰，卻隱約可見。

哇！是一根下手臂枯骨！

他用手放開枯骨繼續跑，只差沒有大喊出聲。雖然動作迅捷得很，但卻毫無預警地從面前冒起一道人影。

懼怒攻心之下，方信典忍不住大聲吼：

「你想怎樣啦？放開！」

喊到一半，喉嚨被緊緊勒住，愈來愈緊，讓他無法呼吸，想掰開勒緊脖子上的東西，但是卻抓了個空！

就在快昏厥時讓他忽想起，下巴微戽的那張臉，就是影印紙上的那個人——蕭天藍！

◧

林三德翻遍了講義堆、書堆，始終找不到那張影印紙，還去問李育成、趙立安，但他倆都說沒看到，也不在他們那裡。

而之前，十萬火急要回影印紙的方信典，居然沒再來找林三德，林三德因而鬆懈了下來。

不久，林三德聽到消息，說學長方信典好像生重病，原本只是要跟學校請假幾天，哪知，他家人就來學校辦休學了。

明白方信典的狀況，因為關係到校方明禁的傳說，林三德也只能噤若寒蟬，絕口不再提起此事。

一天下午末堂課，又值實習課，林三德和李育成早早約了趙立安到工廠教室。

「幹嘛要這麼早來？」趙立安問。

「還不是為了你，你這麼用功，我們當然也跟著你的腳步嘍。」

「少來！我看你有心事。」趙立安瞪著林三德。

林三德矢口否認，加上李育成的辯解，讓趙立安也不想多說了。

下課後老師離開教室，尚未完成功課的同學，則繼續留下。完成功課，同學們都三三兩兩的離開教室。不久，剩不到幾組同學。人少，顯得整幢教室更寂寥，這時林三德看著手錶，說：

「唉呀！糟糕，這麼晚了，我媽今天從南部上來找我。」

趙立安瞪著他：

「真的？之前怎沒聽你提起。」

「是真的啦。」李育成接口：「下午他媽媽才跟他聯絡，我也認識他媽媽，約好今晚一起吃飯，他媽媽還要趕夜車回南部。」

「嗯，那你們先走吧。」趙立安說。

林三德和李育成一再道歉，說下回再請趙立安吃飯，就先行離開。

今天的功課還真的有些複雜，加上林三德和李育成都想靠趙立安，因此不太用心。但這難不倒趙立安，剩下一點就搞定了。

「剩下你一個人？」忽然傳來聲音問。

趙立安頭也沒回，順口道：

「幹嘛又回來？別耽心，我快好了。」

接著是一片靜寂，不一會兒，趙立安呼了口氣，開始收拾桌面準備下課。拿起書包，趙立安把燈一一關掉。轉身，赫然發現一位同學站在教室末端，因為太暗，他看不清楚同學的臉。

「你哪位？不是都下課了？你還在教室幹嘛？」

「我……等……你……」同學語調緩慢地。

「幹嘛等我？你……」睜大眼，趙立安仔細望去，倒抽口涼氣再冷哼一聲。

雖然燈已關掉，但藉著外面的微亮光線，他看到這位同學的穿著，跟他上回遇到的一模一樣：制服老舊、破損……

趙立安伸手，指著他：

「哈哈！我知道了，你是蕭天藍！」

「被你猜到了。」說著，蕭天藍由角落走出來，聲音有些平板。

「上回要嚇我，這回呢？想怎樣？」趙立安說。

「想……拜託你。」

「難得唷。」說著，趙立安往教室外走：「換個新花樣吧，明知是林三德卻穿著蕭天藍的校服，不會很奇怪嗎？」

蕭天藍沒有接話，跟在趙立安身後走出教室。趙立安關妥教室門，兩個人一齊走在走廊上，卻只聽到趙立安的腳步聲。

「我猜，是不是關於媽的事？」趙立安脫口問。

「嗯，不愧是讀書的料，太聰明了你……」

有點得意，趙立安裂嘴，轉望他，忽發覺他脖子很平順：

「喂！你忘了裝扮脖子啦？上回你脖子不是有一道傷疤？」

說著，趙立安哈哈大笑……而蕭天藍始終沉默著。

■

接著幾次上實習工廠課時，總有諸多巧合，使趙立安總是留到最後才離開教室，然後，又遇見了蕭天藍。

一天上午，趙立安終於忍不住喊住林三德，問他：

「耶，我搞不懂你，幹嘛每次假扮蕭天藍找我說話，你很無聊。」

「亂講，我哪有！你以為我每天沒事幹啊……等一下！你說我假扮蕭天藍？」林三德忽然壓低聲音：「一個死亡多年的校友？」

了。

趙立安猛點頭。

林三德發誓他沒有，還找來李育成作證，說他們離開實習工廠教室後，就一塊回家了。

「那……跟我聊了好多次的是誰？」

「一定是你作夢！」丟下這話，林三德就跑掉了。

◨

這天，一位同學身體不舒服下午請假，他跟趙立安還不錯，就把功課交代趙立安幫忙，趙立安滿口答應。

恰巧，最末一堂又是實習課，想到今天可能又要搞到最後一個留在教室，趙立安先去找林三德和李育成，三個人咬了好一陣子耳朵。

兩人先是臉色煞青，接著轉白，最後只好點頭，勉強答應。

果然，趙立安又是最後一位。把功課完成後，趙立安關妥教室門，在走廊上，遠遠的看見了一道影子。

又是蕭天藍！

趙立安跟以前一樣，跟他閒聊，說到一半，蕭天藍忽然話鋒一轉：

「你沒忘記我說過的話吧？我要拜託你替我辦一件事。」

「嗯！」趙立安接口：「你都沒說，我也忘了問，是什麼事？」

接著蕭天藍絮絮說著，趙立安聽著，頻頻點頭，聽完，他臉色一肅：

「為什麼不找別人，要找我？這種事，對你來說很簡單啊！」

「是很簡單，但是我沒辦法。坦白告訴你，我已經等了好幾年，原本打算拜託一位姓方的同學，結果……」蕭天藍幽幽然地搖頭：「遇到你頻率和我相通，算我很幸運，因為我可能得離開了。」

「呀？你要去哪？」

蕭天藍聳聳肩，不答反說：「記住，幫我一個忙，我會很感激的。」

趙立安忽然笑道：

「不必客氣，我只要你告訴我，你到底是哪位同學假扮蕭天藍？」

說著，趙立安伸手，準備拉掉蕭天藍的面具……不見蕭天藍有何舉動，整個人像溜冰般，滑向一旁。

趙立安跟著他往旁邊，橫移一步，有一盞路燈光，剛好投射到這個方位地上。

地上景象，吸引了趙立安的眼光，他看到地上，竟然只有一條人影。

他忘情的舉右手、一下又舉左手，地上人影跟他的動作完全一樣。

這會兒，他整個人頓然呆住不敢再亂動，充斥著萬分駭異眼睛，投望向蕭天藍。

蕭天藍倏忽一笑：

「記住，拜託你了。」

說著的同時，他的身軀在趙立安眼前像一團煙霧消失了……

不知道呆愣多久，趙立安慘嚎聲，宛如要衝上天際雲霄，他以跑百米的速度，一口氣往前衝！

跑了一大段路，林三德和李育成從草叢裡出現。他倆的臉色，都因過度驚魂而白慘慘，林三德上前，強制掩住趙立安的大嘴巴，大聲說：

「好了！脫離險境，不要叫了。」

先前他倆躲在教室外，原說好要接應趙立安，哪知看到另一頭，憑空出現的蕭天藍，兩人馬上就落跑。

◧

趙立安、林三德、李育成三個人，一面走，一面對照著門牌號碼，很快就找到了目標。三個人猜拳，最後還是趙立安輸了，他搔頭：

「果然，我的頻率跟蕭天藍差不多，很衰！」

敲開門，一位老婦人出來應門，看到三個年青人，她露出疑惑眼神，是趙立安說出，受到蕭天藍所託，才找上來，老婦人驚愕得張大嘴巴。

「蕭媽媽，我們替它轉話給妳，馬上就走，放心啦，我們不是壞人。」

蕭媽媽雙眼含著淚水，請三個人入屋內。

屋內擺設很簡單，幾乎沒有值錢的傢俱，看也知道蕭家很清貧。

原來，蕭媽媽是單親家庭，為了供給兒子讀書，她很努力工作，還計畫讓兒子上大學。

蕭天藍不忍媽媽這麼辛苦，反對將來上大學，蕭媽媽偏不肯，蕭天藍只好在課餘、假日暗中打工，想多少補貼點家用。

一天，在實習工廠教室上課，他趕著下課要去打工，加上平常太勞累，不小心按錯按鈕使得機械突然啟動，導致機械手臂擊中他。雖然緊急送醫，但內臟重創加上出血過多而亡故了。

在敘述時，蕭媽媽忍不住還是慟哭不已，連他們三個年輕人也陪著掉淚。

「蕭媽媽，妳要照顧好自己，不然天藍不放心，看，這麼多年了，他還是惦記著妳。」

「對了，三位同學來，是為了……？」蕭媽媽擦著眼淚問。

「呀！啊！看我差點忘記了。」趙立安拍拍頭。

「喂！事情沒辦好，小心他又來找你。」李育成低聲說。

趙立安瞪他一眼，轉向蕭媽媽：

「他說，家裡有一張小書桌？」

蕭媽媽點頭，指著不起眼的角落，接口說：

「很破舊，這是天藍讀書、寫功課的地方，我捨不得丟。」

「他說請蕭媽媽拉出最底層的抽屜，底下有一包牛皮紙，要給您的。」

蕭媽媽依言，拉出抽屜，底層真的有一包牛皮紙，裡面赫然是一疊千元大鈔。

蕭媽媽看了，捧在胸口，涕泗縱流，林三德三個人再次陪著掉淚。

辭別蕭媽媽，回途路上，趙立安等三個人，眼眶餘紅未褪，滿臉感慨萬千地。

「我……以後一定會多聽媽媽的話。」

「嗯，我以後不會跟我媽嗆聲。對了，連我爸也不能嗆他。」

「我要常回去陪我爸、媽。」

據說，之後實習工廠教室平靜了一段時間，趙立安那時是一年級，在他們就讀的幾年間，至少都平安無事，至於他們畢業後，是否又有甚麼傳言，那就不知道了。

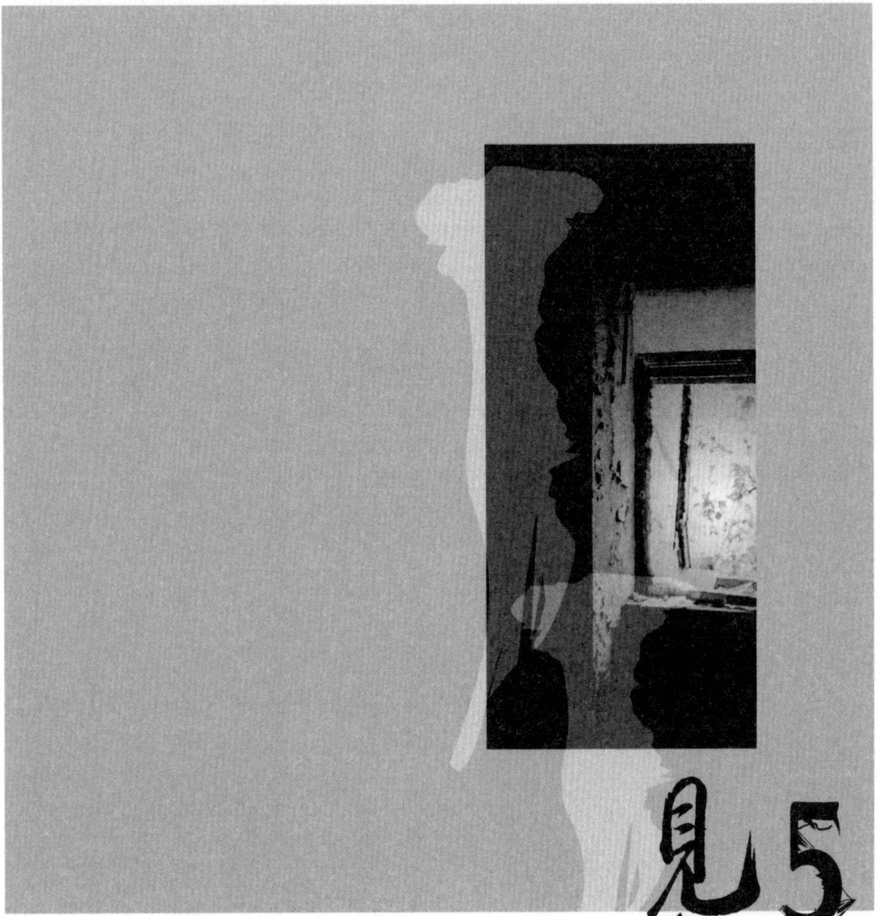

見鬼 5 之校園鬼話

第二帖

213大禁忌

登上C大榜，顏慶發很高興，畢竟，高中努力了三年，能達到目標，不該歡慶嗎？

顏慶發家住偏遠地區，尚未開學，他已提早搬進校舍。

校舍位於校園山上的自強男舍「２１８」寢室。

把行李置放妥當，一切安排就緒，已是下午四點多了，他泡一杯即溶咖啡，就落坐在書桌前。

這裡是二樓，往下看可以俯瞰半山腰以下的部分景緻，他喝了口咖啡，舒爽的欣賞窗外景觀。

不很陡峭的山坡對面，幾株楝樹，隨著地勢，很有層次的排列著，粉紅色、淡紫色花朵，開得燦爛，樹底下則是一排杜鵑花。

忽然，在淡紫色花朵間，有個晃動的東西吸引了顏慶發的目光，等他轉眼望過去時，依稀看到一隻手臂正縮回樹葉間。

他再次定睛望去，不見了！

接著，他又喝口咖啡，等放下杯子再抬眼一看，對面杜鵑花叢間站著個男生，他眼睛直盯盯對上了顏慶發。

顏慶發心想：原來不只我先來，也有其他同學到了。

一面想著，他一面向他微笑、點頭。

所以，剛剛看到楝樹間，縮回去的手臂，不是他的錯覺了？不過，對方的身手倒挺快的！

手機鈴聲忽響，顏慶發巡視一下，手機在床鋪上。他的床鋪在書桌左邊的下鋪。

拿起手機，他一面退回書桌坐下，一面講。是他媽媽打來，問他行李整理得怎樣？晚餐吃了沒？有其他同學嗎？尚未開學，要不要先回家等等……父母都是這樣，兒子明明已經成人了，他們還是不放心。

接完電話，顏清發發現對面那位同學已經不見了。

待到晚餐時間，他才離開男舍到校外用餐。回來時，還順手買個麵包，準備當明天的早餐。

書看累了，開始玩手機遊戲，十一點多，顏慶發才就寢。

迷糊間，顏慶發被吵醒了。眼睛微瞇，室內居然異常明亮，他自言自語地說：

「呃，我忘了關燈嗎？」

他揉著眼睛，忽地瞪大雙睛望過去……一位男生正坐在對面右邊床下鋪。

看清楚了，原來他就是白天出現在杜鵑花叢間的那一位！

因為他髮線蠻高，感覺額頭很明亮，濃眉下的眼睛，炯然發光。

他誰呀？何時進來宿舍的？是跟我同寢室嗎？

顏慶發腦海中浮出許多疑團。

只見這位男生臉上沒有變化，張嘴說話，也是一副木木然樣：

「我是你的學長，我是香港僑生，湯寶生。」
「呀，跟我同寢室嗎？」這時，顏慶發才真正醒過來。
湯寶生沒回話，轉身由床側端起一隻碗走過來。
這時，顏慶發也支起上半身，雙腳落地，然後潛意識策使他伸出手，接過湯寶生的碗。
香噴噴的味道衝入顏慶發鼻息間，他看到碗裡的湯汁很濃稠，上面漂浮幾顆紅、白湯圓。
「這是我們舊習俗，好朋友第一次見面禮。」
「唔哇！這麼好？」
說著，顏慶發仰頭，咕嚕一口喝光，還直讚好吃。

◘

在白燦燦的陽光照射下，顏慶發醒了過來，他一看錶，嗚哇！已經十點多了！
他平常最晚只會睡到八點，今天是怎了？
一腳跳下床，突然踩到一灘濕濕滑滑的事物，嚇得他忙縮回腳，同時一股惡臭味，衝鼻而來，害他差點吐了。
掩住鼻子，顏慶發發現地上有一灘烏黑、濃稠的水，臭得像屍水，不！比屍水還惡臭，簡直中人欲嘔。

「是什麼啦？怎會有這種怪東西？」

顏慶發自語著，皺緊眉頭，目光不知覺又飄向地上。

這會看清楚了，他發現這灘臭得像屍水中，夾雜碎肉、指甲、頭髮……點綴在這灘烏黑、濃稠中，怎麼看、怎麼眼熟。

他輕揉太陽穴，讓自己清醒些，也讓思考神經醒過來。

呀！想起來了，地上這灘，看起來很像他昨晚半夜喝下的圓仔湯！

怪不得會這麼眼熟！

張大嘴，顏慶發凝眼看對面上下床鋪，都是空的；再轉望宿舍門，門鎖緊緊關著，可見……沒有人進來過！

再轉望書桌前的窗口，是開的！

難道，有東西？不！有人從窗口進出？

他立刻折向窗口，往下巡視，仔細觀察整個環境，發現窗口底下有突出一道狹窄的屋簷。

若說是人，應該很難立足；若是動物，例如貓狗之類的，很可能就會跳進來。

但是，貓狗會請人喝圓仔湯嗎？

「呀！難道是貓狗化成人形？」

說完，顏慶發猛搖頭：

「不！不可能！一定是我鬼故事看太多，不然就是受到聊齋誌異的影響！不管怎樣，還是先清掃宿舍吧。」

宿舍外的走廊底，就是盥洗室，裡面有打掃工具，顏慶發又是提水、又是拖地，來來回回幾趟下來，才氣喘吁吁的清掃乾淨。

看看手錶，到了午飯時間。他換過衣服，下樓時發現整個一、二層樓，都沒看到半個人，只有他早到。

一樓出口處是會客室，另一邊是王伯伯住的舍監房，在會客室停了幾秒鐘，顏慶發轉向舍監房，敲開門。

王伯伯快六十歲了，看起來就是一副沉穩樣。

顏慶發不只會家事，嘴巴也甜，這都要拜媽媽教導：

「伯伯，吃午飯沒？」

「嗯，煮好了，正要吃。你呢？」

王伯伯口氣和藹，只是臉容有些嚴肅。也難怪，管理男舍可不能太鬆懈，不然有些滑頭男生，會有晚歸、違規之類的事情。」

「我正要出去用餐。」頓頓，顏慶發接話道：「可以請問您幾個問題嗎？」

「說！」

「昨晚我……」顏慶發絮絮說出昨晚事件。

「這樣呀？」王伯伯老眼銳利反問：「你住哪間宿舍？」

「就……218號房。」顏慶發很有疑問，明明昨天就是跟他拿鑰匙，難道他忘記了？

「啊。」輕微的異樣神色一抹而逝，王伯伯接著笑笑：「有幾個可能：第一，你剛到陌生環境，心情不踏實。第二，都沒有人報到，孤單加上宿舍太過於安靜，睡覺時難免會做怪夢。」

「咦？是這樣嗎？」

「以前也有同學剛來報到，就曾發生過作夢的情形。」王伯伯笑笑：「這還好，我還遇到過夢遊的呢。」

顏慶發雖然不完全贊同，但這也算是答案吧。跟王伯伯客套過，他就離開男舍了。只是他忘了一個重點，既然是夢，為什麼清晨醒時，地上會有一灘惡臭汁液？

■

開學了，住宿學生一一報到，自強男舍頓時熱鬧起來，顏慶發終於結束了每夜不斷的怪夢。

誠如王伯伯說的，宿舍無人又過於安靜。有時睡到一半，會夢到有人站在窗口外盯著他；有時會夢到幾個同學圍著談天說笑；有時會在半夜無預警的冷醒過來，原來窗戶被打開了；有時在夢裡聽到敲門聲，他去開門，外面沒有人……

有一次更扯，睡到一半，床鋪竟然開始搖晃，讓他以為是地震，害他抱起棉被，立刻衝出房門，但等了幾分鐘，好像沒事了他才回床上繼續睡。

住男舍「218」的同學先後來報到，一位是莊錦文，長相平平，一看就知道是乖乖牌的規矩生，他睡右邊上鋪。

莊錦文收妥行李，在床上方鋪墊子，竟不覺時間已晚。

當他鋪到一半，突然間，耳中聽到一聲哀嚎慘叫聲。

他被嚇一大跳，手上動作停止，眼觀四面、耳聽八方，想這聲音是從哪來的？

好一會兒，再沒有動靜，他很快把床鋪妥，下床後刻意跑到窗口俯視。

這會兒已經六點多，加上在半山坡上，天色暗的快，外面一片昏黑，又不見半個人影。正在這時，慘嚎聲又響起，他猛吃一驚，渾身一震動，頭碰撞到窗框，不過，這痛得有代價！因為，讓他聽清楚了，聲音在後面、上方，也就是床的上鋪！

他很快轉回身，先看右邊上面自己的床鋪，剛剛才鋪妥睡墊，不可能有聲音，理所當然是空的。

忽然，眼尾瞄到左邊上面床鋪上，有團物事在晃動。

他立刻轉眼，發現左邊上面床鋪出現一個躺臥著的人。

同時，耳裡傳來哼哼唧唧，莊錦文被嚇退一步，壯起膽揚聲問：

「誰？你誰呀？我剛剛沒看到你……」

「哎……唉唷！我……死了！」

低沉而慘澹的聲音，帶著濃濃的口音，聽在莊錦文耳中，簡直就像由地獄來的——因為，整間宿舍，只有他一個人。

剛才五點左右，顏慶發跟他打過招呼，就去學生餐廳用餐了。

床上那個人不吭聲，莊錦文也不敢出聲，雙方杵了好久。莊錦文冷汗如雨，身上衣服都濕透了。

這樣下去也不是辦法，莊錦文悄悄移動腳，準備衝向房門……就在這時，左邊的床發出「吱呀——」一聲，緊接著，上面那個人忽然支起上半身。

飽受驚嚇的莊錦文馬上停腳，抬頭仰望，恰好對上他。

只見他髮線很高，額頭亮晃晃，濃眉下的眼睛，炯然有神，但不到三秒間，他的臉遽變！

兩眼瞳空洞黑不見底，鼻梁、嘴巴腐爛，雙頰也皮開肉綻，額頭甚至整張臉，七橫八豎的一起流淌下數條血水……

莊錦文整個人呆愣住，這時床上那個人舉起手指著莊錦文，莊錦文一心想避開他的手指，但是軟了的雙腿，無法動彈。

只剩眼睛，看到他微顫顫的手，只剩枯瘦指骨，指尖骨頭流滴著烏黑墨綠、濃稠汁液。

只是剎那間而已，濃稠汁液頓似瀑布般，由整片床鋪傾瀉而下，莊錦文張大口，叫不出聲，但眼睜睜看到整片汁液衝向自己，淹漫了他整張臉、整個嘴巴……

◧

八點多，林建益一手扛著大包行李，一手伸出食指，一面走一面指著男舍房門上的號碼……

「２１１、再過去……咦？是２１８？不對吧，２１１，再來不就是２１３？」

嘴裡才說出「２１３」，林建益突然頭痛欲裂，忍不住發出唉叫聲，伸手撫頭，驀地

摸到一隻手。原來是這隻手緊緊箍住他的頭部，他回頭看，週遭根本沒人，他用力拍拍頭，痛感解除了，但某些記憶也同時被消除了。

林建益微偏著頭，站在男舍走道上，自言自語：

「咦？剛剛……舍監說是幾號房？」

只停了一會，林建益又抬腳繼續往前。盯著房門，嘴裡輕聲唸：

「２１５、２１７、２１９，耶，再過去２２１、２２３……咦？舍監好像沒提到這麼多號碼。」

就這樣，林建益在走道上來來回回了幾趟，還是摸不著頭緒。最後他站住腳，隨便敲開一個房門，裡面一位同學打開門，探頭問找誰？

「請問，你們房間幾位同學？」

這位同學滿臉訝異表情：「一間寢室不都住了四位同學？」

「嗯……是，是呀，請問目前你們寢室裡有幾位同學？」

這位同學瞪了他一眼，不耐煩的回：

「四位，怎樣？」

「哦哦，對不起，那就不是了，抱歉。」說著，林建益轉身想走。

「喂！有什麼事？你來亂的呀？」

「不是啦！我忘記自己的房門號碼，想說如果這間房只住三位，那我就一定是住這間……」

「你是有問題嗎？不知道自己住哪間？」

說著，這位同學關上房門。林建益敲開幾間男舍、問了幾次同樣的話，終於有同學不耐煩，叫他快去找舍監！

他懶得下樓梯，事實上是他自己已經昏頭了，加上這裡隔音不是很好，所以整層男舍被吵得雞犬不寧。

最後敲開219號房，方才走道上吵鬧的話語，這位同學都聽到了，打開門直接說：

「去找舍監……咦，怎麼不問你後面的同學？」話罷，他同時關上房門。

林建益反射性地轉回頭，沒人呀？忽然，前面走廊燈光暗了一下又閃，接著恢復正常，同時，出現了一道背影……

林建益很快趕上前，殊不料，背影跟他一樣也是往前走。他忙出聲問：

「同學，同學！你住哪間房？是不是跟我一樣？找不到房號？」

走了幾步，兩個人始終保持一定的間距。

林建益忍不住加快速度往前追；並且提高聲音，又問了好幾次，只是情況一直沒有改變。忽然，林建益發覺不對勁——宿舍通道沒那麼長，為什麼他跟他一前、一後的走，卻始終走不到盡頭？

這到底是什麼情形？累了，忍耐力也盡了，就算林建益修養再好，也不禁憤怒起來：

「喂！既不回我話，也不停腳，還拼命跑、是跑什麼？你是見鬼了嗎？」

話說完，前面背影真的停住了。想不到奏效了，林建益暗自高興，忽地一轉眼，他發現前面這位同學，沒有腳，他緩緩轉過來。

極冷又低沉聲傳入林建益耳中：「我……找不到……房號。」

循聲，林建益抬眼，入目看清楚同學的臉後他整個人頓然暈倒在地。

■

「德古拉說過：別拘束，想進來就進來！」顏慶發做出「請」的手勢。

他背對窗口，坐在書卓前椅子上，面對著分坐兩邊的同寢室同學——林建益和莊錦文。

林建益一張苦瓜臉：

「顏同學，我不懂你在說什麼，我們眼前的問題很嚴重吶！你在扯淡些什麼？德古拉又是誰？」

顏慶發聳著肩膀，望向莊錦文，莊錦文面色凝重，接口說：

「十八、九世紀的吸血鬼，原生地是羅馬尼亞，住在一座布蘭城堡中。」

林建益差點沒跳起來，他面紅耳赤地瞪圓雙睛，指著顏慶發和莊錦文：

「啊！我知道，你博學多聞，現在給我導入主題。你、我、他三個人，馬上去找舍監問清楚，我們住的這間宿舍是否有問題，我們要換房間。」

顏慶發朝莊錦文，下巴一抬：

「莊同學呢？有什麼意見？」

頓了頓，好一會莊錦文踟躕著接口：

「我……不知道。」

想起剛搬進宿舍那天所見，莊錦文心裡猶有餘悸。

「呸呸呸，不知道？你都見鬼了，還……」林建益揚聲道。

「噓，不能說出那個字。」顏慶發截口，說：「我跟兩位說過，我剛搬來時幾乎天天做惡夢，但是不必理會，過一段時間後都好了，看我，都住得習慣了。」

「你習慣，並不代表我們也習慣，OK！」林建益道。

「你要知道，跟舍監談，舍監又要向總務組呈報，呈報後要蒐證，蒐證完要審核、另挑宿舍這幾道手續，就算順利通過，再核文給舍監，舍監發下來……喔！得發多少時間，搞不好那時已到了下個學期，我們都要換宿舍了，那還不是一樣？」

莊錦文張口要接話，顏慶發舉手制止他，眼望他和莊兩位接口反問：

「我問你，光是蒐證，你有什麼證據可以提出來？」

一句話堵死林建益和莊錦文，遇鬼這檔事，能拿出證據嗎？

沉默好一會，顏慶發清清喉嚨：

「我可以請問兩位，從小到大，看過鬼片、鬼書？聽人說過鬼故事？」

莊錦文和林建益沒接話，也沒反應。

「好，不說話表示兩位都曾經歷過。」顏慶發拍拍手，聲音略提高：「心理學家榮格說：具『象化的心理狀態，是無意識的投射』。」

「我知道你博學多聞啦！我聽不懂你的話，可以說清楚些嗎？」林建益問。他眉頭始終不曾舒展開來。

「嗯，簡單的說，人的阿賴耶識，也就是第八意識，又叫做儲藏識，會把曾經遇到、看過的任何事物，具象化後儲藏在內心裡。等遇到適當時機，在無意識下會把內心具象化的惡魔顯現出來。」

「所以，總歸一句，我遇到鬼，是我自己的想像的？啊你的意思就是這樣？」林建益問。

顏慶發不置可否地聳聳肩。

這件換宿舍事件，討論的結果，就這樣不了了之。

接下來的日子，三個人就在上、下課，忙課業中，暫時得到些安寧。

◧

這幾天，他三個人每逢進出宿舍，都會結伴同行，晚上盡量不要落單。

安寧的日子，才過了幾天。這天，林建益因為剛好有事，無法提早回宿舍，他找不到莊錦文，便聯絡顏慶發，跟他相約在校門口。

七點多，顏慶發才到校門口，兩個人一起回宿舍。

「嘿，怎樣？這幾天過得可好？」

林建益默然的點頭。

「所以我說的，你認同了？」

「呀？什麼？」林建益有聽沒有懂，不知道他在想些什麼。

「你不要把看不見的東西具體化，簡單來說，就是不要理它，別讓它存在你的心中，那它就不會出現讓你看到了。」

林建益沒有接話，看顏慶發說的口沫橫飛，只隨意點著頭。

顏慶發笑笑，伸手拍拍林建益肩胛。

忽然，林建益發出一大聲：

「啊！」他側頭看顏慶發、以及他的手，緊接著又轉頭往另一邊後面看。

顏慶發拍他右肩，但是在這同時，林建益的左肩也被拍了一下。

「幹嘛啦？」

林建益向左看的頭沒再轉回來，反拉住顏慶發的左手，有點緊張的用力搖晃著：

「你有看到嗎？他……」

顏慶發跟著轉頭，向林建益左邊望過去。

那是一片蒼鬱的林園，如果不仔細看，很難發現陰晦樹下站了位男同學，他距離他們倆人至少有五公尺左右，無論多長的手，也不可能足夠拍到林建益的肩膀。

「怎樣？那裡站了一位男同學呀。」

「哦，你也看到他？」

說著，林建益略微放心的吐了口氣，即使有些不合理，但至少他跟顏慶發是兩個人，兩顆膽總比一顆壯吧！

「他怎樣？」顏慶發問。

「沒、沒事。」

兩個人沒再理會，回過頭繼續往前行。

「同學！」

顏慶發和和林建益隨即一起回頭，赫！

樹蔭下的男同學，已近身到兩人後面，林建益臉色微變。

「你……哪位？」顏慶發問，他感到有點面熟，可又忘記在哪見過他。

「湯，湯寶生。」

「啊！」顏慶發食指指著他，脫口而出：「學長！我記得……」

湯寶生點頭，狀似高興，但面容依舊木然。

一旁的林建益聽到顏慶發認識他，又是學長，頓然放了一百個心，接口問：

「學長有什麼事？」

「我找不到我的宿舍房間了。」

嘿！這下子新鮮了，什麼怪問題呀？

「怎麼會呢？」顏慶發跟林建益對望一眼，問。

「對呀！我一直找，都找不到。」

「不會吧。」林建益直接回道。

「真的！我找了很久、很久，三年前我住２１３號房，睡左邊上方床鋪，下床鋪的同學，是李杉宇。」

湯寶生的口氣愈說愈低，同時散發出一股濃烈哀慽氛圍。

「啊！我們住２１８號房宿舍。」林建益道。

聞言，湯寶生看他一眼，垂頭轉身離開。

顏慶發、林建益似乎感染到湯寶生的悲哀，默默地往回走。

突然，顏慶發猛然記起……湯寶生，錯不了，就是他！

他髮線很高，額頭亮晃晃，濃眉下的眼睛，炯然有神，不！不是炯然有神，正確說，是兩眼閃出異光。

這特別的長相，難怪令人眼熟，顏慶發回頭看一眼……沒看到湯寶生，只聽到蒼鬱林園被風颭起的「吵吵」聲響。

看一眼林建益，顏慶發沒有說什麼，加快腳步的往前走。

他其實也怕，只是更怕麻煩。

要是林建益知道遇到……，只怕他又吵著要換宿舍，那才是麻煩吶！

◧

自從遇到湯寶生，顏慶發把這件事隱藏在心裡後第三天後他生病了，感冒發燒，整天昏沉，病懨懨地。

他以為請一天假，在宿舍休息就會痊癒，誰知到了下午更嚴重，只好去看醫生拿藥，所以晚上吃過藥，很早就上床睡覺了。

林建益K書到十一點，正想上床，忽然傳來敲門聲。

敲門聲不大但卻清晰，連剛上床的莊錦文也被吵醒了，唯獨吃了感冒藥的顏慶發發出打鼾聲。

林建益想不到，訪客是湯寶生！

他熱絡的請他進房，兩人客套過一番，湯寶生落座在顏慶發的書桌位置，盯視左邊上床鋪，意外的問：

「上床鋪是空的？裡面只住了你們三個人？」

「對呀！這晚了，學長還不睡啊？」

「來……跟你說個故事。」

睡上鋪的莊錦文並未真正入睡，耳中聽得一清二楚，導致他整個人都清醒了。

「幾年前的那時候，我睡２１３號房上鋪，下鋪是李杉宇……」

「對對，我知道。」林建益熟捻的接口。」

「嗯，這件事我是聽李衫宇說的。」接著，湯寶生絮絮談起陳年往事……

◧

有一年放寒假，同學們都早早打包回家渡假去了。

男舍住了一位體弱多病的港僑生，他因為生病沒有回家，就留在男舍裡面。

過完年，寒假結束了，李衫宇回到自強男舍，走進宿舍，一股沖天噁臭味害他差點閉氣。

他看到床鋪上有一具惡氣薰天的人體，嚇得他慌忙向舍監通報。

校方當然緊急處理了，查證之下，原來這具遺體就是僑生，他留在男舍因為突發性心臟衰竭，寒假開始沒多久就死在床上，同學們都打包回家了所以都沒有人發現。

由於死亡時間太久，屍水滲透被單、床板，屍體緊緊死黏住床板，移動相當困難。殯葬舍人員考慮了很久，只好決定搬移屍體時，床板、還有床四周的鋼鐵架必須一併鋸斷。

當時，這件事鬧得沸沸騰騰，同學們都聞之色變。

後來，僑生的家長到台灣來，舉辦了超度法事，據說把他的魂體引渡回香港去。

可能是故事太精彩，睡上鋪的莊錦文反身趴在床鋪上，聽的津津有味。

「後來呢？」莊錦文接口問。

湯寶生抬頭，看了他一眼，接著說：

「後來，有同學住進這位僑生住的那間宿舍，常常看到他出現。」

「呀！這多恐怖呀。」林建益抱緊自己雙臂，說：「學長，這麼晚了，你幹嘛要說鬼故事給我們聽？」

湯寶生雙眼閃出異樣光芒，看一眼睡死了的顏慶發，再轉向林建益：

「你怕嗎？」

林建益點頭，尚未回話，突然一股尖銳慘厲聲，像極了一隻猛獸，遽然間要叫又叫不出來，只卡在肚腹的低沉吼聲：「嗷——」

怪聲直衝天花板，害得林建益顫慄遽抖之下，連人帶椅整個歪倒在地板上，還發出很大的撞擊聲響。

林建益困難地爬起來，因為疼痛，一邊罵一邊將椅子扶正。

他站立的高度剛好平視到床的上鋪，他發現睡上鋪的莊錦文，不見了！

但直覺告訴他，剛剛就是他發出慘叫聲的呀！

林建益很生氣，靠近床沿伸手一撈……他立刻撈到緊靠裡邊牆發抖的莊錦文，接著一把拉掉蓋住他的棉被。

「喂，你幹嘛啦？」林建益很不爽的說。

「它、它、不、不是……！」

林建益回頭望，發現應該坐在書卓前的湯寶生不見了。

究竟莊錦文看到了什麼，他始終說不清楚，又或許他不敢說，怕它找上自己。

林建益一再追問下，莊錦文只重複地說：

它……髮線很高，很高，額頭亮晃晃，濃眉，大眼發出死人光。我看到了，不到三秒間，他的臉就遽變！

◧

然後，莊錦文家人來了，帶他回去看醫生、收驚等等，反正鬧了好一陣子。

顏慶發聽到這件事，沉吟著卻始終不發表他的看法與意見。

原本很膽小的林建益，反倒不信邪，他費了一番勁去查證，然後又去找舍監，找了幾趟後，竟然搬離男舍。

他搬走當天，顏慶發以幫忙為藉口，跟著林建益到他新租屋處，那是一間民宅套房，很小間且房租又貴。

打量完套房，兩個人坐下喝杯水休息時，顏慶發才有機會問他，這麼倉促又匆忙，到底怎麼回事？

「你真的都不知道？」林建益眼望地下。

「我知道了還需要問你？」

「嗯，看起來你真的不知道。我還以為你沒在怕的吶！」

「拜託，給我好好說清楚。」。

點點頭，林建益才道出……

■

莊錦文說不出個所以然，加上他又被家人帶回去，林建益積極調查，費了好大一番勁才找到畢業多年的學長——李杉宇。

原本他不肯說，因為這件事實在太詭聳，多講一次他就憶起那具腐爛破敗的噁爛骨骸，這是他永遠無法抹滅的記憶爛斑痕。

後來，林建益提起他的際遇，加上他目前就住在那間宿舍，李杉宇才說出……

當年他睡２１３號房的下鋪，那個香港僑生湯寶生睡上鋪，事情一如湯寶生所敘述的那樣，過了寒假李杉宇才發現他的遺骸。

之後，每屆睡這間寢室的同學都不得安寧，因為湯寶生常常出現。

為此，校方特別舉辦了一場法事，可是效果不彰，校方找來一位風水地理師，他勘查過，建議把寢室號碼改掉，校方遂改成２１８號房，以為可以杜絕它再回來２１３寢室。據說，剛改成２１８號房，確實安寧了好一陣子，想不到它依然繼續尋覓、繼續遊蕩在男舍附近。

還有同學流傳說，曾有新同學覺得宿舍房號很怪，大聲說出，為什麼２１１再來變成２１８？應該是２１３才對呀？

一直排徊在尋覓２１３號的它，聽到這話，整個甦醒了。

據說它的陰靈力量就因此增強許多，還能現身與人交談吶！

同學！當你或是家人、好友考進C大，必須住進男舍時，請……自求多福吧。

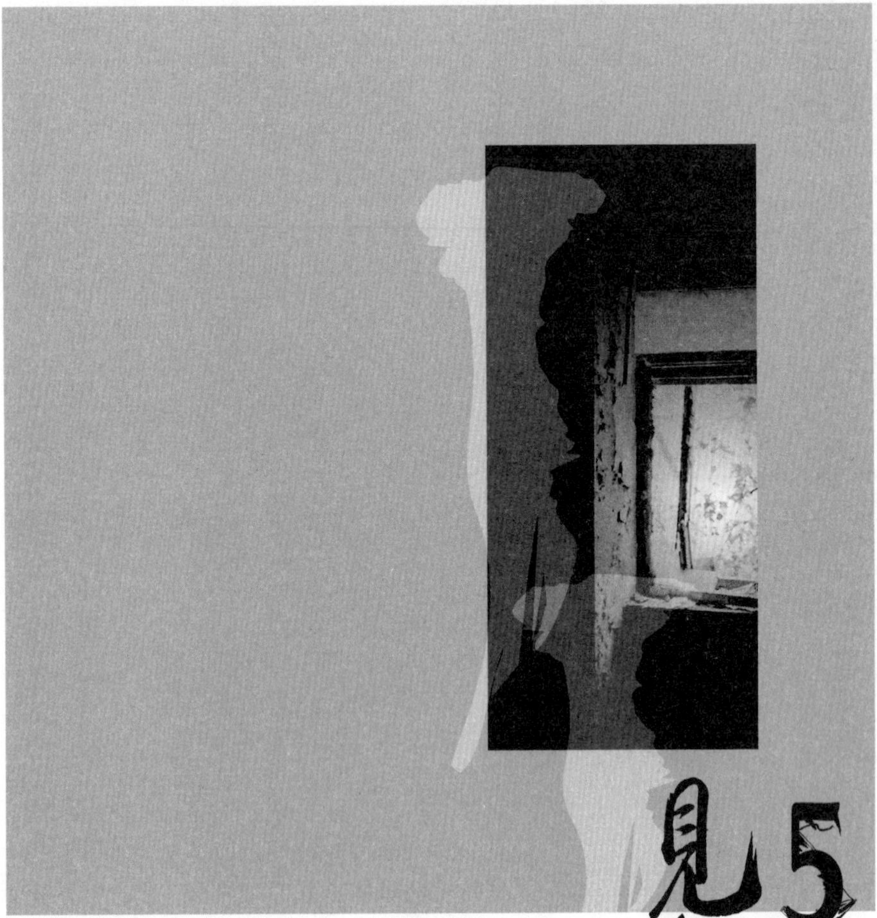

見鬼5之校園鬼話

第四帖

鍊墜之謎

看過水鬼嗎？據說，它渾身濕答答，臉會被覆蓋的頭髮遮住，它到處飄蕩，經過之處地上會留一攤水……

事實上，這是人們自我的一種想像，因為它們在水中嘛，既然由水裡冒出來，那就一定全身都是水了。

其實，不然。因為，筆者曾和友人沈怡良親眼見過溺死鬼……

◧

剛到台東關山鎮，天色差不多暗了，只是尚未黑盡，幾道晚霞猶不肯下山，透著詭譎的暗紅淒豔，停留在天際。

「你親戚家還沒到嗎？」我問。

「喏，前面轉個彎就到了。」

前面幾間三合院不比北部都是公寓、大樓，令人眼目一新，我以為這是沈怡良親戚的家，沒想到轉個彎，是一排兩層樓的透天屋子，他家就在第一棟，小巧又可愛，很有濃濃的鄉村風味！

沈怡良的親戚，是他表哥表嫂，雙方寒暄過，表哥領我們到三樓。三樓後半部是兩間客房，前半部是陽臺，由陽臺這邊可以看到隔鄰三合院的整個風貌。

梳洗完，表嫂已把晚膳擺放在陽臺上，雖然不是豐盛餐，但都是地方特產，風味絕佳。

飯罷，表嫂泡了一壺咖啡、小點心，我們就在陽臺上品咖啡、賞夜景。

「對了，你們累了就上床休息，不必拘束，還有，眼睛盡量不要看隔壁。」

「隔壁？三合院那家嗎？為什麼？」沈怡良問。

表嫂看一眼表哥，表哥有些尷尬的說：

「沒有為什麼，就……不要被誤會我們偷窺嘛。」

說完，表哥哈哈大笑，跟表嫂一塊下樓，他們習慣早睡。

我很有疑問，陽臺只可以看到三合院的廣場，又瞄不到人家房間屋內，哪算的上偷窺？

不過，既然為客，就以主人為主，我選背對三合院的座位，沈怡良則坐在陽臺正面，側面是三合院，就無法偷窺嘍！

這時已經晚了，才喝了口咖啡，沈怡良就不斷打著哈欠，應該是舟車勞頓吧。

「咦？你看。」

沈怡良說著，向我背後示意，我猶豫著不想回頭去看，方才主人不是說過：別偷窺？

「你快看，好奇怪喔！」

「你管人家奇怪？剛才你表哥不是說過，不要偷窺？」

我說著，突然想起他表哥態度熱絡，沒有理由不陪我們一起喝咖啡，急匆匆就下樓去。

「不，不是偷窺，你看一眼就好了嘛。」

被他慫恿，我果真轉頭，朝三合院望去。

看到沒有任何照明的三合院廣場上，居然有昏黃、幽暗的光線。

中央廣場不大，有兩個女生，看起來大概是國中生，一個長髮披肩、另一個留短髮，手拉手繞圈圈，呵呵笑的很開懷。

「林舒雲！我們要這樣，天天玩在一塊喔！」長髮披肩的女生喊著。

「嗯嗯，好呀！」林舒雲忽然放開手：「不行，將來妳如果結婚了，我們哪可能天天玩在一起？」

「好呀！那我不結婚，萬一我死了，妳就永遠陪我？」

說著，長髮披肩那位，重新伸手拉起林舒雲的手，不料林舒雲甩掉她的手，嚴肅而生氣的說：

「王香君！我就不喜歡妳這樣，每次玩就玩，妳都要提到死呀死的，很討厭！」

「好嘛，好嘛，」王香君笑著，掏出掛在頸脖上的鍊墜：「看啦，項鍊的墜子裡，有我阿嬤的紀念相片，我媽媽說阿嬤會保護我，要我天天戴著，不會死啦！」

說完，王香君轉頭甩起一蓬長髮，長髮飛揚成一圈，突兀的向我和沈怡良望過來！

對上她這一眼，我倆人同時被嚇到，她臉色慘白的不像話，眼中沒有眼白，黑洞洞的眼瞳佔滿整顆眼睛。

這只是剎那一瞬間的事，我猜應該是光線的問題；也有可能我太累；呀！一定是自己看錯了。

◧

次日早起，表哥原要把他的機車借我們，我們想說表哥要上班，便拒絕了，另外租一台機車代步隨處玩、到處晃。

晚上我們回到表哥家，用過晚餐，婉拒表嫂的咖啡，早早上床，玩了一整天也累了。

我睡得正甜，沈怡良來敲我房門，問他話，他什麼都不說，硬擠進我的房間，說他打地鋪、睡地上沒關係，迷糊間我就隨他方便。

次日早起，猛然看到沈怡良坐在地上，我還被嚇一跳，問他到底怎回事？

「你……都沒感覺？」

「感覺……好吃、好玩、好睡呀，怎麼了？」

沈怡良搖頭：「我也說不上來，等一下問問再說吧。」

下樓時，表嫂已備好早餐，很傳統的稀飯、醬瓜、花生，跟我一向吃的麵包、紅茶不一樣，換個口味還不錯！

吃到一半，沈怡良問表哥：

「隔壁三合院鄰居好相處嗎？」

表哥點頭，保持沉默。接著沈怡良又問了幾個問題，但表哥一概搖頭閉口不談。

餐後，表哥表嫂去上班，我和沈怡良也出門，今天的路線跟昨天不一樣，她想去乘坐熱氣球。

推著機車，經過三合院，一位上了年紀的大嬸在晾衣服，沈怡良要我扶住機車把手後就跑了進去。

我真覺得滿頭霧水——對沈怡良，這種怪異行徑。

「請問，王大嬸嗎？」

王大嬸點頭，狐疑雙眼上下打量沈怡良，同時轉頭也打量著我，我連忙把腳縮回機車輪胎邊，因為我的運動鞋破了個洞。

「那……那個王香君在家嗎？」

王大嬸乍遽然變臉，橫眉怒目的破口喊道：

「去去去，走開，我家香君干你什麼事？」

「沒、沒沒，我只是……」沈怡良急淂雙手亂搖。

「只是好奇，呀？你誰呀？走開！走走走。」

喊著時，她由桶子內抓起一件濕漉漉衣服，朝沈怡良甩過來，沈怡良連忙往我這裡跑。王大嬸繼續罵著，怒不可遏的追出來。

看到沈怡良跑向前，我急忙推著機車向前衝，兩個人沒命的落荒而逃。

轉兩個彎，總算逃出了大嬸的追殺，放緩腳步，我正要埋怨時沈怡良道：

「我、我遇到怪事，等我喘口氣，說給你聽，你就知道。」

「誰管你什麼怪事啦？來玩就單純的玩，惹什麼麻煩？」

我鎖緊眉頭，停車說完，對面兩位女生走過來，其中一位揚聲大吼：

「林舒雲，幹嘛騙我？」

林舒雲側頭淡笑：「陳惠華，拜託，不要這樣，陪我走一趟，以後不會麻煩妳。」

「林舒雲！沒有以後，我不想去啦！」

說著，陳惠華停住腳，跟林舒雲互瞪著。

我，和沈怡良忘形的住腳，呆望著這兩位國中女生。林舒雲，這名字挺熟喔！

「不要這樣。人家在看我們了，拜託幫我一次忙啦！」林舒雲瞄著我倆說。

陳惠華轉瞄我們，接著揚聲：

「耶！兩位，兩個大男生這樣盯著女生看，很不禮貌咧。」

嘿！這位叫陳惠華的，悍妞嘛。

◧

我和沈怡良完全忘記騎車，當下依然牽著機車，忙轉頭、快步走開。

這卻惹得陳惠華噗赤大笑，可能我們兩看來很呆吧。

沈怡良聽到她笑聲，停腳、轉頭，走向那兩位國中女生。我空出一隻手，硬是扯緊他，卻被他掙開了。

我心裡大喊不妙，他中邪了？沒事找事？只聽他大聲問：

「林舒雲！妳叫林舒雲？」

兩個國中女生不同反應：一個非常憤怒、一個大驚。

「你，你認識我？你是誰？」

「待會再跟妳說，請問妳是不是要去王香君家？」

「啊？你怎會知道？」

林舒雲更訝然的瞪大眼，這時不只是她，連陳惠華也驚訝的看著沈怡良。

沈怡良不愧是當業務員，當下居然說服她倆跟我們到鎮上一間咖啡屋落座。

我很不以為然，這樣很容易被當成登徒子。

飲料尚未送上來，沈怡良迫不及待的說出，前天夜裡看到林舒雲和王香君在王家三合院嬉鬧的情形，所以才會知道林舒雲這名字。

末了，沈怡良還拉出我作證，我忙著點頭承認，因為我也看到了的。

林舒雲和陳惠華臉色遽變，顫抖著煞白的嘴唇：

「你、你們，不覺得遇到怪事嗎？」

「對！他都沒感覺，」沈怡良指著我，我點點頭，他又接口：「我有感覺遇到很奇怪的事。」

我忽然想起來，由昨晚到今天一早起床，沈怡良行為都很奇怪，坐在我房間地上發呆，還問我：都沒感覺？

「請問你遇到什麼怪事？」林舒雲問。

這也正是我想問沈怡良的，大家目光都看著他，陳惠華已沒有方才的兇悍，代之而起的是專注與害怕！

神怡良看我一眼，絮絮說出他昨晚際遇。他說睡到一半時，有人敲他門，他迷糊打開門，隨意看、隨意問：

「找誰？」

一個女生，髮長及肩，俏生生對著他笑：「找你。」

沈怡良驚得醒過來，仔細望去，這個女生有些面熟，略一踟躕即迅速想到……隔壁三合院的女生！

「妳怎麼上來的？」沈怡良偏頭，望一下正前方的陽臺，心裡浮起怪異感覺。

「這不重要。你認識我吧？王香君！」

「找我什麼事？」

「想拜託你去找我媽，告訴她……」

王香君一面說，一面在瞬間臉容遽變……沈怡良的專注力，完全被她臉容的變化嚇呆了。

只見她原本普通的臉，先是一副苦臉皺眉；繼而齜牙裂嘴；接著張大口猛吸氣，好像就快無法呼吸了，最後猙獰的雙眼突出、厲青的臉容浮腫的都變形了，唯獨還張大嘴，上下張闔，不曉得在說什麼……

所幸沈怡良僅存的知覺還懂得害怕，他二話不說，立刻退入屋內把門給關緊了。以為這樣就安全了？不！一會兒，窗口被敲響，先傳來低泣聲，聲聲拜託，繼而是愈來愈響的嚎哭聲，夾雜著拜託、拜託聲浪。

沈怡良看到玻璃窗上，映出一道亂髮僨張的影子，窗口被愈敲愈急，眼看都快敲破！一會兒，突兀靜止下來，沈怡良以為她離開了，正想上床睡覺，房門卻又被敲響。就這樣鬧了數次，他快受不了，趁再次安靜時，慌忙開門衝向隔壁，卯足全力敲開我的房門。

■

陳惠華和林舒雲交換著駭異一眼，聲音又低又虛地指著我和沈怡良：

「前晚半夜，他們看到妳和王香君……在她家庭院……妳？」

沈怡良緊緊盯住她，我則用力點頭，等林舒雲下文。

「哪可能？自從她……死後，我每天都早早上床，哪敢在外面逗留。」

沈怡良驚駭地問：

「耶，死了？妳說王……香君死了？這就奇怪了，我和杜宇看的一清二楚，明明就是她和妳。」

想起前天夜裡的際遇，我心裡發毛的說不出話。

林舒雲吐口氣，向著沈怡良結結巴巴的說：

「剛才你說前晚在她家三合院裡的情況，我覺得很熟悉。後來想起，以前升國一那年的暑假，我到王香君家玩，那些對話是我們曾經說過的……」

沈怡良和我，對望一眼，一股寒氣由背脊竄上來。

我想到沈怡良問他表哥，有關鄰居三合院的事，他表哥一概搖頭閉口不談。

喝口咖啡壓驚，沈怡良問林舒雲：

「王香君發生了什麼事?她怎麼死的?」

林舒雲低首不語，可能是過於害怕，久久說不出話。

「還是我說吧。」陳惠華說，反問我們：「兩位沒看到今年四月的媒體報導?」

我跟沈怡良同時搖頭。

「林舒雲和王香君感情很好，是從國小升國中天天膩在一塊的好同學。」

陳惠華緩緩道出原委……

◧

四月下旬，在亞熱帶的南台灣，溫度已經飆升得很高。

XX國中，下午，幾位同學相約在校園打籃球。據林舒雲所敘，在打球時，她看到一位上了年紀的老阿嬤，坐在籃球場旁邊地上觀看他們打球。

林舒雲覺得有些奇怪，鄉間很少有老阿嬤會看同學打球，尤其是這麼大熱天，都嘛躲在屋裡避暑，誰會喜歡曬太陽？

她那時沒注意許多，事後回想起，才感到這個老阿嬤的身影很眼熟。

球賽完畢，大家又熱、又渴，在收拾物品時，林舒雲想起球場邊的老阿嬤，想問同學們有人認識她嗎？

但轉眼望去，球場邊哪有人影？於是，她遂做罷。

這時，康如月問，要不要一塊去玩水？

有人附和；有人問去哪玩水？嘰嘰喳喳間，有三位同學要回家，因此共有七位願意一起去玩水。

原來，康如月住家附近，有一窪鄰居自掘水池窟，長寬大約將近十公尺，水深有二、三公尺。大夥到了，一個個撲入清涼的水池裡，有的打水仗；有的互相潑水；也有怕水太深，在淺處撿拾石頭玩樂……

校內曾上過游泳課，王香君粗略會一點泳技，雖然技術不是很好，但這個大水池，看起來不會很深，她就躍躍欲試。

她看到池塘邊，撿了幾顆石塊的林舒雲，便大聲問：

「林舒雲，妳要不要下水？」

林舒雲轉望王香君搖頭，她不想弄溼了衣服。

王香君喜道：

「好極了，可以拜託妳。」

「幹嘛？」

王香君由頸脖掏出一串項鍊，交給林舒雲：

「這個，不能弄濕了，拜託妳幫我保管。」

林舒雲沒多說，順手接下項鍊，就放入自己口袋內。

鍊子頭有顆墜子，細緻可愛。以前林舒雲就看過這串項鍊，她經常掛著它。有一次在學校內，林舒雲問她幹嘛帶這個？夏天很熱，脖子不會不舒服嗎？

「當然會嘍！」王香君回道：「沒辦法，我媽交待這要隨身攜帶哩！」

「為什麼？」

據王香君說，小時候，她阿嬤曾帶香君去算命，算命師說，將來這孩子會有個大災厄，因此她阿嬤去世前，交代她媽媽，說希望能把她的相片裝框，給這孩子隨身攜帶，她想要時時刻刻保護這孩子。

到底是真？是假？王香君不知道，只知道很小的時候，她就戴著這串項鍊了。

不過，這一路走來，王香君不但沒事，身體還很健康哩！

王香君下水後，一抹灰色人影躍入林舒雲底眼角，在水塘邊晃了晃。

她凝眼望去，赫！穿著灰色衣服的老婦人，個子矮小，長相有些眼熟。

但她也沒注意太多，只自顧撿拾石頭。旁邊有同學潑她水，她也回潑，還用小石塊丟，跟同學玩了起來。

同學們玩得挺開心，不知道玩了多久，陳惠華說不能太晚，所以提議要回家。

池塘裡同學上了岸收拾書包，才發現池塘邊剩下一個書包，也就是少了一位同學！

大家在詢問、尋找時，林舒雲猛然大聲喊：

「唉呀！是王香君，她在哪？」

因為她想起，剛剛在岸邊時，王香君掏出胸前一條項鍊，拜託她代為保管。

接著，大家到處找，找到五點多，眼看天色要暗了，還是沒找到王香君，大家都慌了，帶領大家來這裡的康如月，拿起手機立刻報案。

據消防員說，他們在五點五十分接獲報案。只是，不知道為什麼發生誤差，他們趕往電光大橋防汛道路旁的溪流，但是，看溪水流勢不湍急，水深在大腿以下，搜尋後也沒發現任何異狀。

後來，消防員為了慎重，問其他同學才知道找錯地方了！

這都是事後才知道的。

◧

第二天，康如月很早就到學校了，畢竟是她邀約同學們去她家附近玩水，發生事情，她擔心了一整夜。

在走廊彼端，遠遠的，她看到教室門口站了個人，她雙眼一亮，立刻奔跑過去。是王香君！

「唉唷！香君！妳沒事呀？太好了。」

王香君俯低著頭，身上依舊穿著昨天，打籃球的衣服。

康如月上下打量她，疑然問：

「妳昨天沒回家嗎？妳害大家擔心死了……。」

「擔心……死了嗎……？」王香君語氣緩慢的。

「幸好妳沒事，咦，怎麼不進教室去？」

「我等人……」

康如月點點頭，自顧走進教室去，心中的大石塊卸掉了，走路都輕快許多。

「康如月！」是蕭建國，他也是昨晚去水池，七位同學其中的一位：「昨晚的事，怎麼了？妳知不知道？」

康如月轉頭，笑呵呵地：

「我剛剛遇到王香君，她沒事啦！」

「真假！在哪裡？」

「就教室門口呀。」

蕭建國連忙跑出教室，好一會又進來找康如月：

「我沒看到她呀，走廊上空空的咧。」

「哦，她說她在等人，不曉得等誰。反正，不必擔心啦，沒事、沒事。」

學校大門左轉是一列草埔地，林舒雲走進大門，原該直走到教室，一轉眼她看到王香君站在草埔地旁邊！

昨晚直到現在，她心情始終盪到谷底，看到王香君，嘩！整個人都雀躍起來，急忙奔過去。

王香君臉孔暗沉，原俯低的頭，緩緩……緩緩抬起，接觸到她雙眼的當下，林舒雲腳步猛然一頓，但隨即又跑過去。

「香君！妳昨晚回家了？太好了。」林舒雲進一步、王香君立刻退一步，始終保持一定的距離。

王香君搖頭：

「我媽說我今年犯煞，犯水沖，不能靠近水……」

「呀！這樣嗎？好在妳沒事。」

王香君伸出手：

「我的項鍊？快還我。」

林舒雲伸手要掏口袋，忽然大呀一聲：

「我放在體育服的上衣口袋內，昨天拿去洗，改天再還妳。」
「我阿嬤一直罵我，為什麼要拿下項鍊？沒有項鍊我會死！」
「耶，妳阿嬤？是不是個子小小的？穿著灰色衣服？長相……」
聽著林舒雲的形容，王香君木木然的點頭、點頭。說完，林舒雲興奮的說：
「昨天，在水池旁我看到她哩！」
王香君牽動蒼白嘴唇，算是笑吧：
「我跟我阿嬤在一起……」
突然，林舒雲背後被人一拍，她整個人彈跳起來，轉過身看到陳惠華：
「喂！妳嚇我一跳！」可能因為心情大好，林舒雲講話很大聲。
「妳在這裡幹嘛？不進教室？」陳惠華神情落寞地。
「我跟王香君講話呀！」說著，林舒雲測轉身，伸手指著另一邊。
「有嗎？」陳惠華遠眺著，眼睛轉回林舒雲：「我只看到妳一個人而已。」
「耶，奇怪？剛剛我明明跟她說話。」
「說話？說什麼。一起走吧，先回教室。」
林舒雲左右看看，都沒看到王香君，腳下跟著陳惠華走，說：
「她向我要回項鍊，可是我沒帶來，改天再帶來還給她……」

早上第二堂課時，班導老師沉痛地向班上宣佈：

「昨天晚上，老師接到王香君媽媽的電話，說王香君在昨晚因為溺水急救不治。」

說著，班導抽出面紙擦拭眼睛。

同學們群情譁然，紛紛交頭接耳，班導要大家安靜，有話舉手發問。

好多位同學舉手，信誓旦旦地說早上明明遇到王香君，哪可能在昨晚去世？一時之間大家紛紛擾擾，提起時間點，完全不對盤，後來還是班導要大家安靜，說下課後她會再跟王家聯絡，先上課。

可是，同學們哪有心情上課？

下課後，同學們都會聚在一塊談論早上的事，有的還加油添醋說遇到王香君的種種狀況。下午放學後，蕭建國和章維朋輪值清掃廁所。

天空黑黝黝，廁所裡面更陰暗。

蕭建國掃完第一間廁所，打開第二間，嘴裡喃念著：

「章維朋怎回事？還不趕快來，早打掃完早回家呀？真是！」

掃完第二間，他退出來，手握住第三間廁所門時，最末一間廁所，突然發出：

「咿歪——」

蕭建國聞聲望去，耶？廁所門開了一隙縫，那裡更黑。他瞇著眼，皺著眉心，努力望去。沒錯，那一條縫裡，確實看到有東西：

所。

「是誰？」

說著，蕭建國好奇走過去，他記得整間廁所只有他一個人，除非之前有同學來上廁所。

走到一半，廁所門整個被打開來，一位女生……不是走出來，好像是游出來，因為蕭建國看到她周身線條晃動不止。

蕭建國停住腳，看到這個女生穿著夾帶著泥沙的體育服裝，濕漉漉地，不斷往下滴著水滴，頭俯得很低，及肩長髮整個覆蓋住她臉孔。

學校都放學了，怎麼會突然出現這種裝扮的同學呢？

蕭建國由她髮絲間隙，窺看她面孔……到底是誰？

女生忽然緩緩出聲道。

——不認識我了？

「王香君？妳、妳怎麼會在這裡？」

王香君朝蕭建國伸出手：

——項……項鍊還我！

「我哪有拿妳的項鍊？」

——還我，我不想死。

說著，王香君猛甩頭，甩起一蓬長髮，長髮僨張成一圈，四下散射出水滴，噴向蕭建國，蕭建國踉蹌地後退差點摔倒，這時他才懂得駭怕。

蕭建國看到她揚起長髮，露出蒼白臉孔，雙眼、嘴唇都緊緊閉住，可是七孔流淌下黯紅血水，同時，蕭建國聽到她發出尖厲慘嚎聲——

——項鍊還我，我不想死！

「我沒有拿妳的項鍊，我沒有。」蕭建國直覺喊著，他的腳側歪一邊，心中想跑出去，但腳卻不聽使喚。

——為什麼？你為什麼不救我？嗚……哇……我不要死啦！

蕭建國幾近癱瘓的蹲下身，昨天下午的那一幕，躍入他底腦海中……

他看到王香君在距他不遠的水裡，載浮載沉，狀似沉溺模樣。

但，第一，他知道王香君會游水；第二，他不喜歡她，平常在校內，他跟她向來保持距離；第三，他以為她故意做出沉溺的動作，或許希望他英雄救美。

當時，蕭建國站立的地方，水深只到他的胸前一半，沒想到王香君游向水較深處，據消防員事後談起，水底落差很大，大約有二至三公尺。

◧

章維朋受到蕭建國的催促，並未加緊動作，他告訴蕭建國，請他先過去，他會馬上到。說是這樣說，章維朋慢吞吞的收拾好書包，放入抽屜，才晃出教室。

廁所之前，會經過一間儲放打掃工具間，平常這裡很少人會來，除非要上廁所，而這會值下課時間，同學都放學回家了，這裡幾乎都沒人。

經過儲物間，忽然他聽到裡面有聲音，再仔細聽，赫！聲音在呼喊他哩！

他停住腳，覺得很不可思議，哪可能會有同學躲在裡面叫他？

「誰呀？誰在裡面？」

——章……維……朋。救我！開門啦！

平常這間儲物室都上了鎖，只有在放學打掃時間會開鎖。

章維朋走上前，伸手正要握門把，猛發現門把在轉動，他停手，等著。

但是門把轉動了老半天，卻沒有開門跡象，他有些生氣了：

「喂！門沒鎖，幹嘛不自己出來？」

——我被困住了……快救救我

「到底是誰？想開我玩笑？」章維朋這樣想著，動作很快，一股作氣的握門把、打開。

一隻濕漉漉、蒼白的手，握住門把，但是居然沒看到人！

章維朋當下心理很毛，瞬間碰然關上門，轉過身時，差點撞上身後的人！

這個人跟他相距不足半台尺，幾乎已經快臉碰臉。

章維朋目瞪口呆，張大嘴，只喊出：「王香君！」

接著，他全身僵硬、無法動彈，像個木頭人。

王香君點頭：「還我項鍊！我不想死。」

「我、我、我不知道什麼項鍊。」章維朋上下唇打著抖擻，話都說不清楚。

王香君俯頭，露出頸脖，剎那間，她的臉轉變成暗紅色血臉。

章維朋退了一大步，渾身顫動的鼓起勇氣說：

「妳、妳、妳已經死了。回去、回去池塘裡吧。」

血臉微微腐爛，往下流淌著血水，變猙獰、恐怖，章維朋狂吼一聲，拔腿就跑，奔向廁所。

因為潛意識知道蕭建國在廁所裡，奔入廁所，他一眼看到蕭建國蹲著的背影，什麼都來不及細想，他一把撈起蕭建國，大叫著：

「快、快跑！我，我看到王、王香君的水鬼臉，超可怕！」

奇怪的是，這時候蕭建國居然身輕如燕，被章維明拉起身，他抬頭轉向章維朋，張嘴發出的女聲：

——多恐怖？像我這樣嗎？

「啊呀——蕭建國！你、你……」

章維朋說不出底下的話，所幸這時候，他還懂得發揮同學愛，沒有丟下他，反倒依然拉住他的手，往廁所外面衝。

兩個狂奔的人，忘了是怎樣逃出廁所、奔出校園，只記得書包還丟在學校裡。

林舒雲也因為害怕、自責，生病發燒，在家休息幾天。

接著一整個禮拜，所有跟著去池塘戲水的六位同學，不斷遇到水鬼，當他們上廁所，或洗手、或打掃時，只要沾到水，往往會發現站立的周遭出現水漬，水漬漫延跟著進教室。

同學們打手機、傳簡訊給林舒雲，說王香君一直向他們索討項鍊，拜託她身體好了，趕快帶項鍊來學校。

這一天，林舒雲到校了，在教室門外，她被後面的人喊住，轉回身一看，整個人都嚇癱了，是王香君！

她看來很正常，只是聲音宛如泡在水中，說話帶著扭曲水音：

——這麼快就忘記我了？記得以前我說過：萬一我死了，妳就永遠陪我？

林舒雲完全呆愣住，只聽王香君又接著說：

——妳們丟下我一個人，我好孤單哦。

王香君身上還是那套打籃球的衣服，她濕漉漉的衣服，往下滴淌著水漬。

林舒雲壓下害怕，勉強振起精神，哆嗦著嘴唇：

「妳死了，我們都不好過。拜託妳，趕快回去，不要騷擾我們。」

——哈？竟說這種話？妳太無情了。

王香君臉容變的猙獰，眼睛、鼻子、嘴流下血水：

——果然，我媽說得對。妳們根本不關心我，我……不想死。因為，王大嬸每天在家裡，對著王香君的靈牌碎碎念，將她深切的恨意與不捨，全都怪罪到同學們頭上。

「妳已經死了，快回去吧。」

——不……不要，我不甘心。我媽說的對，為什麼死的是我？不是你們其中的誰？我不甘心！我恨！

「不要這樣……」林舒雲聲淚俱下的求她放過大家，只差沒有跪下來。

——不甘心啦，我們兩個……不是最好的？感情最深的？

王香君又甩著長髮，水滴紛紛灑向周遭。

「拜託妳，別這樣。」

——我……我媽一直罵，說我今年犯水煞，不該去玩水。我要妳跟我在一起！

說罷，王香君突然逼近前，手伸向林舒雲的口袋……林舒雲驚恐的退了一大步。

——不甘心，項鍊還給我。

王香君很快又逼近前，把手伸進林舒雲口袋，瞬間，一鬼、一人，她們兩個都詫然盯著口袋。

只見王香君的鬼手，呈透明狀，穿過林舒雲的口袋、衣服，卻抓不住甚麼東西的掏了個空！

因為想躲開王香君的鬼手，林舒雲往後退，踉蹌的傾倒，摔在地上。

這時，林舒雲忽然明白了，這條項鍊沒有還給它，它不肯離開，絕不會放過他們。

「我會，會把這個還給妳……。」

林舒雲背後，伸出一雙手，做勢欲扶她起來，她驚嚇得閃開，縮緊身軀，同時轉回頭——是班導老師。

林舒雲瞬時全身癱瘓了，由老師扶起她，只聽老師說：

「快上課了，不進教室，還坐在外面地上幹嘛？生病好些了嗎？」

林舒雲感覺很丟臉，臉孔紅烈烈地頷首，只虛弱地向老師道謝：

「老師，我……」

「什麼都不用說，老師知道妳跟王香君感情最好，當然心裡最難過了。」

「老師，您只知其一，不知其二啊。」這句話，林舒雲放在心中，沒有講出來。

◧

聽到這裡，沈怡良和我對望一眼，心中俱升起一股不寒而慄的感覺，我這才想起，怡良問他表哥，關於隔壁三合院的事情時，他都避而不答，原來是有原因的。

我很耽心，今晚回去後，對隔壁鄰居我該怎麼辦？睡得著嗎？

「所以，妳今天是……？」沈怡良看著林舒雲問。

「嗯，」林舒雲點頭，舉起手中的錦袋：「我打算把這條項鍊，送還給王家。香君不在，送還給王媽媽。」

「我很害怕會被王媽媽趕出來。」陳惠華接口說：「我上次跟班導老師去王家慰問，王媽媽的態度還是很憤怒不諒解。」

「這麼久了，難道，王香君還？」我忍不住問。

林舒雲看我一眼，沉沉的說：

「四月，她過世到現在，將近四個月了，她還是飄盪在校園裡，蕭建國和康如月好幾次上課途中經過學校花圃，突然沒有預警地冒起一道人影，居然就是王香君，他們嚇得心臟都快停了。」

陳惠華點頭，接口說：

「有好幾次我去上廁所，在洗手時從鏡子裡看到我背後站了個人，我嚇一跳，回過頭，後面空無一人，可是我背後地上，有一灘水漬，還有一滴、一滴的水，持續滴下來。」

「妳沒看清楚嗎？」沈怡良截口問：「搞不好是天花板漏水，滴水下來。」

陳惠華瞪他一眼：

「我嚇都嚇死了，怎敢去追究、觀察？耶，等一下要不要去我們學校走一趟？」

「你要幹嘛？」

「我會大聲喊它的名字，說有人想看妳、認識妳。」

「唉唷！這不好玩，不好笑。」沈怡良直搖雙手，滿臉驚恐。

「妳說妳看到一個灰色人影的老人家，究竟是誰？」我問林舒雲。

「經過證實，就是王香君的阿嬤，」陳惠華接口說：「聽王媽媽說，她夢見王香君和她阿嬤在一塊。」

「啊？真的？」沈怡良望住陳惠華。

陳惠華點頭：「據說，她兩人常在她家院子裡徘徊。」

沈怡良瞪大的嘴、眼一時無法閉上，眼睛低溜溜轉向我：

「我……我看，咱們今天就回北部，我不想睡到半夜，被人敲門、敲窗子。」

我點頭說：「我正有此意。」

「我原本計畫休學，」林舒雲又說：「可是都已經國三，明年就畢業了，我媽說還是算了，趕快把項鍊還給王家應該就沒事了。」

她說的也是，各人有各人的打算，就像我和沈怡良無心繼續玩，決定今天要回家了！

見鬼 5

之校園鬼話

第五帖

死不瞑目

順利進入A大學，方維書感到蠻欣慰，這間可是他的理想校區。

開學前一週，方維書就騎著摩托車，先到校巡視一圈。這時節，雖然是暑假尾端，但酷烈的秋老虎當頭，陽光仍然非常炎熱。好處是一旦太陽下山，就涼爽多了。

所以方維書在將近黃昏時，才從家裡騎摩托車出發，到校時，不但太陽整個都黯淡，就連天色也陰晦不已。

幾陣涼風襲來，讓方維書感到舒爽，他停妥車子，看著校園前的門樓，準備對這間自己未來的校園，以恭敬心態巡禮一圈。

說穿了，其實這就是男生，想好好努力用功的本色啦！不過，這種事，不能對外說穿，只能默默存在心裡。想到這裡，他莞爾對自己一笑！

方維書思緒亂轉，腳下也不停的向前走，許是人高、腿長，才一會，就不知已繞過幾棟教室，直抵操場。

操場很大，該往左？還是往右？

目注一下，左邊是教學大樓，看起來好像很陰涼，他決定先往左走。

這時候，天色更暗，涼風颳起秋天的感覺，使這偌大校園，更有孤寂感。

走到一半，方維書沒來由地打個寒顫……，是因為秋天？還是孤寂感？不對吧，他自忖不是多愁善感的類型，更不是怕冷的傢伙！

腳步不覺停頓住，忽然不想往前走。

他遠眺前面，似乎是一座廣場。再看清楚些，哦！原來是停車場。

既然是停車場，表示那邊也有路可進來，於是他繼續向前。

走近了，果然是停車場，場地兩邊各有一條路，依他估量，應該是一條入口、一條出口道路。

接著，他欲往回走，忽然出口那條路上，有人影晃動。

難道有其他同學跟他一樣，提早來認識校園嗎？

笑著看一眼天色，更晦暗了，視線也更不良，他好意揚聲叫：

「同學，天暗了，早點回去吧。」

喊完，他忽感到這不應該是他雞婆的本性呀，今天是怎了？

方維書連忙轉身欲離開停車場，耳朵忽然傳來「窸窸窣窣」聲音。

聲音來的奇怪又突兀，又特別響，使他不得不轉頭望去。

剛才的人影更清楚了，是個衣衫破爛的男人，他略微彎身，雙手往下，似乎拉曳著重物，而那重物發出了窸窣聲。

「那是什麼？」在幽晦天色下，方維書看到他拖曳著一具人體！

方維書心口「咯噔！咯噔！」跳得厲害，整個人都呆愣住。

人體被拖行一陣，男人累得舉起一隻手擦汗，然後想繼續拖，正在這時人體突然爬起來。

方維書看清楚了，人體，說他是屍體還來的正確，他渾身是血，兩手齊肘斷掉，下手臂只剩一層皮連著晃盪，頸部一道五公分墨紅色，切斷頭，整顆頭歪一邊搖晃，隨時都會掉下來樣子，胸腔、腰際被劃開、大腿、膝蓋以下，全都被斬斷、割裂。

重點是，他怎麼還可以站起來？

方維書臉都縮皺了一圈，剩下眼睛還管用，人體歪垂的頭，搖晃的轉著方向，恰恰對上了方維書的眼。

他雙眼睜凸的超乎尋常的大，沒有眼瞳，眼白上布滿血絲。下巴只有慘白色的骨頭，上下兩排陰森白牙，一開、一闔。

他在說話，雖然沒有出聲，可是方維書居然可以明白他的話意：

——不……不甘心…我、死……死不瞑目……

那一天，是怎麼回家的？方維書已不復記憶。

他當晚發燒，次日去看醫生，拿了藥包回家，之後他一直注意報章、媒體，以及手機的新聞訊息，看有沒有發生凶殺案之類的報導……只是都沒有。

學校尚未開學，竟然發生凶殺案？要不要向校方說？但又要找誰？要向哪個單位反映？

幾個不是問題的小問題，並未困擾多久。開學前後，許多其他事情，讓方維書忙得忘卻了。

正式開學後的這天，下課較晚，郭文智、林宏昌座位在方維書附近，所以開學才幾天就混熟了，在他倆催促下，方維書跟著一起走出教室，他忽然想到：

「耶，我車子停在學校正門附近吶。」

開學以來，這是他一貫的作風，就因為不想走到學校後面的教學大樓、停車場。

「唉唷，我之前就跟你說過，幹嘛把車停在校門口外？」林宏昌摳摳頭，抱怨說。

「就是呀，約好去飲料店，這樣會耽誤多少時間。」郭文治接口說。

方維書聳聳肩：「不然……不要等我，你們去就好了。」

「不行！」郭文智道：「三劍客怎能少了你？」

就這樣，三個人分道揚鑣，約定在校外大馬路集合。

然而，走到校門外，方維書發現，他的車子不在原地。在附近找了好久，也沒看到他的車子。

就在這時手機響了，是林宏昌，他先是狂笑了一陣，才問：

「你坐墊是不是貼塊青色防熱墊？右後視鏡裂了道痕。」

「這有什麼稀奇？前幾天你不都看到我騎車，當然知道我的車子。」

「那你趕快過來，你的車子在這裡！」

怎麼可能？但方維書還是急匆匆的返身進入校內，有許多同學已陸續離校，加上天色暗的快，越過幾棟教室，越往後走，越感到冷清。

埋首疾走，前面就是地處偏僻的教學大樓，方維書心裡升起一股忐忑。開學以來，依他直覺，盡量避開經過這裡，想不到今天卻必須走這裡。

忽然，一雙腳出現在低著頭的方維書底眼睫，有人，那就不必擔心害怕了。心中一寬，方維書抬起頭，然而在迅雷不及掩耳之際，腳的主人竟然已跟他擦身而過。

有走這麼快嗎？方維書立刻轉頭。身後沒人！那個人不見了！

方維書轉回頭，看著前、後整條教學大樓的走廊，空蕩而陰鬱。空氣中，醞釀著一股奇怪的氛圍。

怎、怎麼辦？方維書雙腿打著顫，顫慄延伸上來，使得他全身顫抖。

但又不能停留太久，那股奇怪氛圍愈濃，停車場就在前方不遠處，壯起膽，他猛提口氣，以跑百米速度向前衝。

總算到了，空曠的停車場只剩下幾輛摩托車，方維書一眼看到他那輛破車在停車棚內。但，林宏昌和郭文智呢？

該死！他快速走到機車旁，彎下腰欲開大鎖。急切間，腦袋一片空白，居然忘記大鎖鑰匙放在哪裡？

停車棚內光線更黯淡，方維書左掏右撈，就是找不到車子鑰匙，最後他手伸向褲袋時，忽然，機車輪胎前出現一雙腳。

是林宏昌？還是郭文智？

方維書頓了頓，抬起頭看……赫！沒人？

他立刻再度低頭，由輪胎看過去……腳還在，但抬頭又沒看到人？

剎那間恐懼由四面八方襲來，方維書整個人都快昏倒了。

突然，方維書肩膀被重重一拍，他撕聲裂肺的狂吼一聲，整個人朝側邊仰倒。

「喂！怎麼了啦？」是林宏昌。

方維書注意力始終在眼前的那雙腳上，連林宏昌走進來，都毫無感覺。

「要死啦？你們躲在哪？」方維書臉色鐵青，迅速站起來，怒瞪著林宏昌：「鬼嚇不死人，人嚇人會死人，你不知道嗎？」

「我哪有嚇你？」林宏昌滿臉無辜表情：「我和郭文智把車騎到出口道路前面，想說待會兒你就到了，誰知道你這麼慢？」

「還說沒有嚇我？看看那雙腳！」方維書忿忿然指著機車另一邊。

林宏昌側頭望去，忍不住哈哈大笑，走過去撿起來，原來那是一雙模特兒的木製裸腳。

「哪個王八蛋，放這鬼東西在這裡！」方維書破口大罵，足足罵了好幾分鐘，最後轉向林宏昌：「啊你跟郭文智牽車時，都沒看到這個？」

林宏昌搖頭，指著停車場最外邊：

「我們車子停在那裡，沒注意到車棚內。」

「沒注意到？那你又怎麼發現我車子的？」

林宏昌指著停車場路線：「走過來時，我們經過停車棚但沒注意地上有腳。快點啦，郭文智等太久了。」

話罷，林宏昌轉身往停車場出口道路走。

方維書在褲袋內找到大鎖鑰匙，打開大鎖，放入機車旁的箱子，他還是很生氣：

「奇怪？我天天都把車停在校門口，到底是誰把它給牽進來？」

「有可能是校工。」林宏昌轉回頭，說：「我記得學校大門是禁止停放機車的。」

這麼說，那雙木製腳，也是校工放的嗎？

■

第二天，方維書趁下課時間，特地去找校工。

校工姓李，五十多歲，大家都稱他老李。

聽到方維書的問話，老李一口承認：

「學校明文規定，車子不能停在校門口。我不知道車主是誰，第一次先牽到校園後面，又擔心日曬雨淋，就把它給牽到停車棚內。第二次、第三次再把車停在校門口，校務處就要開罰了。」

癟癟嘴，方維書又問：

「那，停車棚內有一雙模特兒木腳，也是你放的嗎？放那個幹嘛？」

老李搖頭，眼神轉看別處：

「我哪會那麼無聊？」

「不然咧？到底是誰？」

方維書一再追問，老李口氣支吾地：

「呀，嗯，應該是哪個調皮同學的惡作劇吧。」

「惡作劇？還真的是無聊透頂！」

忿忿說罷，方維書轉頭就走，老李盯著他背影，嘴巴無聲的上下嗡動。

雖然，沒有從老李口中探聽出什麼，但是不久後方維書由其他班級同學口中，聽到了某些可怕的傳聞……

◘

那是個天空暗沉、陰雨綿綿的天氣，秋天就是這樣，尤其是在深秋的日子。

方維書從廁所回到教室，走到半途，聽到低沉的談話聲：

「你千萬別說出去喔！被學校知道了，我會被記大過。」

「那是當然，你快說，到底怎回事？」細聲的同學接口說。

有聲音，人呢？方維書好奇的停腳，蹲身，側耳傾聽之下，終於找到兩位男生躲在教室外面，操場邊一棵槐樹下。

「聽到傳言我本來不相信，但有天我晚下課竟然中獎了。」低沉聲響。

「什麼傳言？」細聲音同學問。

原來這同學剛進校時，一位三年級學長問他，有沒有感到學校哪個地方，特別陰森、奇怪？

後來學長緩緩道出，偏僻的教學大樓的走廊起到停車場為止，常有同學在這段路，會跟一個看不見的隱形人，擦身而過。

還有傳言說，停車場是塊凶地，許多同學都遇到過奇怪的事件。

「意思是說，停車場的地下有什麼可怕的東西？」聲音細細的同學，忍不住發問。

「不知道，學長沒有說。他剛進學校，就聽到前幾屆學長告訴他，天黑不要到停車場，真的萬不得已時，最好是找同學結伴。」

低沉聲音接著說起，另一位沒應聲，靜靜的聽。

有一天他晚下課，天色暗了，他獨自到停車場。他發動機車準備往出口騎過去，騎到一半，車燈照射到一個人坐在泥地上，他嚇一跳緊急剎車。

仔細查看時，又什麼都沒有。他重新上路，忽然，整部機車向下一沉，就好像後座有人跨上去坐，所以車座有往下陷的感覺。

但他轉頭看一眼，後座是空的啊！

他沒在意，也沒想許多繼續騎車，到了出口道路時，機車卻突然熄火。他發動了幾次，機車不動就是不動，他連忙下車檢查油箱、火星塞……

「車子壞掉了？」一道聲音響自旁邊的草叢傳來。

「哪可能！我這部車子去年才買的啊！」

衝口而出後，他突然發現不對勁，明明周遭都沒人呀！他起身，面前這個人大約四十多歲，衣著普通。

「車子沒壞吧？拜託載我一程。」

「我又不跟你同路。」同學以退為進的說。

這個人聳著肩膀：「剛才，我就搭了你的車嘍。」

剛才？同學不記得車子載過誰。突然，他想起剛剛車子曾下陷過，那時他還回頭看，但後座沒人呀！

呼——兩旁草叢，無端颳起一陣冷冽風。

同學身體、心裡，迅即升起一股寒……，他不敢看眼前這個人，雙眼盯視著地上，卻看到這個人膝蓋以下是空的，一小截褲管隨風輕搖。

儘管倒抽口氣，但同學始終不敢看對方。他一語不發的快速上車，用力發動引擎，車子歪斜衝向前，他才知道自己手腳都在劇烈顫慄。

「後來呢?」細聲的同學問。

「哪有後來?我都快嚇死了。」

「我的意思是,他沒有再坐上你的車?」

「不知道,我哪敢看。」低沉聲音的同學接口說:「不過,我倒是做了一件功德大事。」

「呀?」

「我送了半截模特兒的木腳給他,就放在停車棚裡。」

一陣低細笑聲響起:

「呵呵……我聽到許多同學,都被那雙木腳嚇到過」。

方維書咬緊牙齦,好不容易壓下想上前開罵的衝動,轉身回教室去。

■

方維書清晨到教室,一堆同學聚集在一起,喁喁低語,他自顧到座位上,放下書包,林宏昌過來將他拉往那堆同學。

「幹嘛?」

「來聽故事。」

「床邊故事?不要!」

「要!你一定要聽。」

「為什麼？」

「記得那天，你說你的機車，是老李把它給牽到學校後的停車棚嗎？」

方維書點頭，雙睛頓時睜大，疑心頓起——難道不是嗎？

一堆同學團團圍住班上的游光信，他個性外向，又喜歡搞笑，在班上相當活躍。

以下是游光信所敘述的……

上個禮拜，一位畢業多年的學長汪中飛回母校辦一些證件，游光信一看，居然是他家鄰居，雖然住家隔了兩條街，平常不太來往，但彼此都知道對方。

兩人因此攀談起來。

汪中飛突然問他，校內的教學大樓還是一樣可怕嗎？停車場還是常常發生怪事嗎？接著，汪中飛談起幾年前，同學們經過教學大樓、停車場，常會遇到不可思議的詭怪事件。

三年級下學期，要畢業了，大家忙著準備考試，謝老師在堂上宣佈讓大家自習。不知道是誰開頭，無意間談起個人際遇，說他畢業後不必再受到恐懼的侵襲。

原來他每天上、下課，都要從停車場經過教學大樓，幾乎每天都會遇到「鬼」騷擾，讓他非常困擾，又不敢說。

他一開頭，同學們都紛紛說起……這才知道，原來全班中，幾乎有一半以上的同學都曾遇到過「它」。

照理說，老師聽到這些應該會制止同學們，想不到，聽的津津有味的謝老師，居然接下話頭：

「同學們，你們畢業後遇到的機率大概很低，讓你們知道也無妨。」

接著，謝老師說幾年前，停車場原本是座垃圾場，有一天同學們去丟垃圾時，赫然發現一隻斷手、一雙殘破大腿，大腿根部以上、齊膝以下都被剁斷，嚇得忙向校方報告。校方立即報警，警方經過一段時間調查之後，查出死者身分，發現這是一宗殺人、分屍、棄屍案。

有沒有查出兇手，校方沒有過問，不過在這之後，垃圾場就常常發生詭異事件。

怕歸怕，同學們還是相當好奇，紛紛發問：

「什麼詭異事件？」

「老師，你有遇到過嗎？」

「老師，你看到什麼？」

「有！不只是老師，其他班級的老師也遇到過。」

接著，謝老師說，有一天天暗了，他經過教學大樓的走廊，走到一半腳下不知踢到什麼東西，害他踉蹌得差點摔倒，手上的作業簿還掉了滿地。

他連忙彎身撿拾，撿到一半，忽然一隻手伸過來，手上抓了幾本作業簿，他當下以為是哪位同學好心要幫忙撿拾作業簿，於是他道了聲謝謝，一面接過來，一面抬眼望去。

這個人約三、四十歲左右，整個身體看來就是不對勁，到底哪裡不對勁，說不上來。

「你，」謝老師那時腦袋一片空白，打心裡浮出深濃寒意：「屬於校內哪個單位？」

他慘然露出森森白牙，露出比哭還難看的笑容

「我屬於這一區。」

說著，他伸出雙手。謝老師看的一清二楚，他兩手由身體分離出來，一手指向前，平直飛向垃圾場；向後的手，往教學大樓的走廊直飛過去。

謝老師手中的作業簿，又再次掉了滿地，整個人往後傾倒，目瞪口呆的說不出話。

再下一秒，他整顆頭歪向一邊搖晃，胸腔、腰際、大腿、膝蓋以下，剎時被剖開

接著謝老師耳中接受到他傳來的訊息：

——被害死……我不甘心，不……找到他，我絕不離開。

事後謝老師知道，遇上了被分屍的亡靈不只是他，許多學生、老師，也幾乎都曾遇到過，只是情節各有輕重。

因為這件事鬧得沸沸揚揚，校方經過考量，決定把垃圾場改建成停車場，為了安撫亡者，還善意加蓋停車棚，就是怕它受到雨淋、陽光曝曬。

◧

游光信說完，大夥的心口彷彿被壓了一塊巨石，沒人作聲。

想起開學前，第一次到校園時，遇到拖屍體那一幕，方維書低聲問：

「我的摩托車一直停放在校門口，難道也是它牽走的？」

「呀！說起這個，汪中飛學長最後還說，他跟幾位好友，機車不想到停車場，跟你一樣，把車子停在別地方，也是常常被牽到停車場。那時的校工不是老李，是另一位姓王的，他堅口否認不是他牽的，後來過沒多久，老王就辭職了。」

方維書倒抽口冷氣，所有的同學都噤聲不語。

「我有個 Good Idea。」游光信一一掃過在座同學，大家都望著他，他接口：「我們找最敏感的同學，就是比較容易遇到它的人。」說到這裡，游光信有意看一眼方維書：「聽說，你的機車被人牽到停車場？所以在天黑時，你從教學大樓走向停車場。」

說到這裡，大夥的臉容都縮皺一圈，尤其是方維書，還有人搖頭，有人搖手。

「怕屁啦！我和幾位膽子大的同學會保護你。」

「這樣要幹嘛？」有人問。

「大家都說遇到鬼，但沒人正面看過它。為了證明有沒有鬼，還要找出是誰牽走你的機車，我們需要證據。所以準備照相機、手機，要是遇到狀況，也就是說，它出現時，我們把它拍下存證！」游光信一副英雄氣概樣貌。

頓時，教室內一片鴉雀無聲。

就在這時，上課鈴聲遽響，大夥都被嚇一大跳，瞬間作鳥獸散。

雖然是個冒險又恐怖的行為，但還是有幾位膽子大、調皮的同學聲援，因此游光信很快的策劃、布署妥當，然後選妥日子準備付之實行。

■

深秋之後，時序進入了初冬，雖然最近氣象異常，偶而也會有初冬的現象，例如：天色早暗、陰雨綿綿。

游光信選的這天，整個下午天氣都算不錯，剛好他們下午最後一堂是自修課，便開始策畫準備。

詎料，下了課後，天空整個呈現暗紫、又變黯藍，還飄起細細雨絲。

放學後到了六點多，包括其他班級同學們，差不多都打掃完陸續離開學校。將近七點左右，學校宛若一座空城。八點多時，連教職員教室幾乎都空了。

為了怕巡邏老師、校工會查詢、趕人，他們不敢打開教室的燈，默默坐在漆黑的教室內。

游光信、趙錦達、古彥、陳俊男屬於膽大、調皮，又覺好玩的心態，說穿了，其實也不是真的膽大，只是因為仗著人多膽壯。

至於方維書、林宏昌、郭文智等三個人，則是好奇的想弄明白，方維書的摩托車到底是如何被牽到停車棚。

所以，他們總共是七個人！

雨不曾停歇，反而變大，只是增加煙嵐朦朧，但原計畫還是不變。

除了方維書當餌，其他六位分成三組，每組有一台照相機，加一支手機，各分別在幾個定點守候。

方維書在教學大樓來來回回，走了三次，這是預先計畫好，如果沒有狀況發生，就繼續往返直到它出現！

第四趟，方維書躡手躡腳走到較學大樓的半段路時，突然迎面襲來一股寒風！

儘管害怕，可想到前後都有同學罩他，膽子就壯了。

依約定，他連忙舉起右手臂，舉到一半，整條臂膀頓覺劇痛，好像被人剁了一刀，他想放下來，但已無法自主，似乎手腕被強力拉扯，痛得他忍不住慘嚎出聲！

接著，他頭頂一寒，寒氣往下，使他整個身軀像被人灌了冰水，然後整個意識就模糊了……

◧

在教學大樓的前後兩組同學同時按下快門，連手機也不放過的連拍下來。

接著看到方維書倒下，趙錦達想上前查看，被同組的游光信阻擋，按兵不動的等了一會兒，只見倒下的地上，重新站起一道人影。人影周遭沒有線條，只有模糊一片，繼續往前。

教學大樓前後兩組人員，立刻撤換地點，還繞了很遠一大圈路徑，準備到停車場躲藏在事先擬定的定點。

另一組人員——林宏昌和郭文智元原本就守候在停車棚對面，等了很久，一直沒有動靜。

就在兩人快耐不住時，忽然傳來奇怪腳步聲，他倆四下尋找始終沒看到人，但腳步聲卻愈來愈近。

「游光信、趙錦達。」林宏昌喊道。

「古彥、陳俊男，是不是你們？」郭文智接口低喊著。

都沒人回話。林宏昌站起來，忽然被郭文智拉住褲管，示意他蹲下身，林宏昌低下頭問：

「幹嘛？不是說好，如果方維書走來停車場，他們會過來。」

話說一半，郭文智臉色蒼惶，指著前面停車棚前。

林宏昌低眼望去……一雙腳，發出喀叩、喀叩怪聲。再仔細看，原來是那雙模特兒木腳，但是腳踝以上是空的，既沒有人擺弄它，也沒有人拉它。亦即說是這雙腳自己在走路。

「這、這個啊，有、有人惡作劇。」林宏昌發顫說，連忙蹲下去藏在草叢中。

「我們、我們……」

郭文智視力好，看的很清楚那雙腳並非如他倆想的，被人用繩子拉扯。

如果有人用繩子拉，腳不可能像普通人走的四平八穩，還能發出喀叩聲。

「我看是有人惡作劇，拿這個嚇我們。」林宏昌繼續蒙騙自己的說。

「我們快換個地方。」

暗黑中，臉色青白的郭文智說，以蹲姿橫移著腳，迅速移向右邊一大塊岩石旁。林宏昌見狀，連忙跟著橫移。

兩個人尚未躲好，只見那雙木腳居然自己轉方向，往他倆躲藏的岩石而來。

這個情形，讓林宏昌、郭文智都呆了？這是什麼現象？

兩個人呆了好一會，那雙木腳一步、一步的走過來。

「怎、怎辦？」林宏昌不但聲音，連身軀也顫慄不已。

雨愈下愈大，加上颳來陣陣秋風，應該是個寒瑟夜晚，兩個人卻都在冒汗。

眼看木腳愈走愈近，郭文智比較理智，他不吭聲再次轉換地方，向出口道路退去。

林宏昌急忙跟著退，但那雙木腳好似長了眼睛，馬上轉方向，向他們而來。

「我、我們不該害怕，對吧？」林宏昌抹掉額頭冷汗：「了不起就、就一雙腳，怕、怕、怕屁呀？你去把它踢掉！」

「應該你去。」郭文智雙眼直直盯視著木腳，想不出來沒有主人的腳，怎麼能走？

就在這時，兩個人身後響起破裂聲音，好像喉嚨破洞，發出沙啞、難聽的雙聲響：

——帶我……去……好……嗎？

兩個人來不及回話，一道背影從他倆後面出現，朝木腳而去，這時，兩人看得一清二楚，這道背影，衣衫襤褸，褲管下襬飄搖著，齊膝以下空無小腿、腳掌。

兩個人心中幾乎都有譜，知道要趕快跑，但是卻渾身無法動彈，只能眼睜睜看著這背影走到木腳前，飄迴的轉過身——面向他們，再往後輕輕一飄，登時，縫接上木腳，緊接著筆直向林宏昌、郭文智走過來……

◧

「奇怪？這兩個人到哪裡去了？」

游光信、趙錦達偷偷摸摸躲在又廣又寬的停車場，四下張望都沒人，安靜的停車場，因為雨絲顯得荒涼而幽暗。

「耶，看！前面是什麼？」趙錦達指著前面。

游光信凝眼望去，前方進車道路旁，草叢中隱約有兩個呈圓弧形東西，他向趙錦達輕聲噓了一下，示意悄悄移過去，兩人一前一後，躡手躡足的走。

尚未走近，忽然間，兩個圓弧形東西猛然往上竄，緊接著兩道人影冒上來，加起來就四個、四個人一齊驚聲大喊——聲音劃破秋雨、劃破烏雲，直沖天際！等雙方看清楚了，才知道原來是古彥和陳俊男。

「搞什麼啦！幹嘛嚇人！」古彥大聲道。

「是你們嚇我們好嗎！」趙錦達拍拍胸口，喘大氣。

「拜託，別再搞烏龍了。咦？林宏昌和郭文智呢？」游光信閃轉眼睛：「他們應該在這個據點呀？人呢？」

「不會被鬼抓走了吧？」陳俊男也四下張望。

「還有，方維書呢？他應該是走來停車場，怎麼也沒看到他？」游光信道。

「不會吧？我們都還沒找到是誰把機車騎到停車場就失蹤了三個人？」古彥接口說：「小心喔，等一下我們四個，輪到誰會先失蹤呀？」

「別烏鴉嘴，趕快找找看。」四個人在停車場周遭尋找起來，但完全沒有他們三個人的蹤跡。

事情搞成這樣大家都有點心虛，有人建議再回教學大樓找人。於是，四個人一齊轉回教學大樓。

空寂的教學大樓陰森森的，不見半個人，他們四個人不想再回停車場，遂往前面操場走。

寬廣無人的操場，陰森指數不比停車場、教學大樓低。尤其飄斜雨絲更增添陰鬱、淒寒。走不到一半，操場前方出現了奇怪景象！那看起來像是有人牽著一輛摩托車，不過這道人影卻足足有兩個人高！

「嘿！終於找到了把摩托車牽到停車場的兇手嘍！」游光信興奮極了的說。

其他三個人一逕起鬨，都說務必要逮到這個人並且拍照存證下來！

大夥商量好，各自找地方躲起來，並準備好相機、手機對準了摩托車。

摩托車漸行漸近，視野所及之處，他們看到後都嚇一大跳，這個人居然是方維書！

方維書肩膀上面……站了個人！應該說，是兩個人影疊在一起！難怪方才看到牽車人影有兩個人高，那上面那個是……

當距離更近看得更清楚後，四位同學全都倒抽口寒氣。

上面這人沒有頭，頭被提在它手上，另一隻手伸的老長，狀似在指揮，當它指左，方維書就往左走；它指右，方維書就向右走，而方維書兩眼是緊閉的。

這顆頭滴溜溜的轉著方向，雙眼睜凸的超乎尋常的大，沒有眼瞳，眼白上布滿血絲。下巴只有慘白色的骨頭，上下兩排陰森白牙一開、一闔。他在說話，雖然沒有出聲，可是同學們卻知道他的話意：

——不……不甘心……我死……死不瞑目……

一面走，頭一面轉。四個人分別都跟他對上眼，然後同學們就變成像木頭人般，動彈不得。

摩托車越過操場往教學大樓去，當越過同學們後，他們這才宛如甦醒過來。在游光信的示意下，紛紛抓起照相機、手機，向機車以及兩人高的背影按下快門……

■

事後，七位同學同時請病假，三天後才陸續到校報到，好奇的同學們迫不及待想看他們的成果。畢竟，人類對鬼，總有過多的好奇心。

想不到，號稱膽大的趙錦達、古彥、陳俊男、游光信居然閉口不談。後來被逼問急了，游光信輕描淡寫的回：

「相機，還有手機，都沒有拍到，就這樣。」

過了好一陣子後大家談起，他們道出當時的細節……

原來，林宏昌和郭文智醒過來時天還是黑的，那應該還是在半夜。發現除了他們之外還有方維書，三個人都躺在停車棚內方維書的摩托車旁邊。可是，之前游光信一行四人在找林宏昌和郭文智時，居然沒看到他們倆……

直到現在，停車場和教學大樓，依然是同學們最不想經過的禁地，原本校方想招收夜間部，不過不知道為什麼，這提案並沒通過……

第六帖

兒童樂園

謝文立是國立S大的大一新生。這天，謝文立在整理宿舍時，他的女友許虹梅特地來幫忙，兩人一面閒聊，一面整理，感學時間過得很快，不一會兒，天色已經黑了。

「妳餓不餓？」謝文立問許虹梅。

「還好，才五點多而已。」

「是嗎？」原來天色暗的早，讓謝文立以為很晚了。

「耶？看看這個，是什麼？」

許虹梅由書堆裡，翻出一只形狀怪異的陶土罐，小小巧巧，看來很可愛的小東西。不過，許虹梅聞到一股怪味道，忍不住揚聲喊：

「哇！好臭！到底裝什麼鬼東西啦？」

說著，許虹梅把陶土罐丟給謝文立，謝文立接過來仔細揣摩起來：

「奇怪，我什麼時候有這個陶罐。」

說著，他湊近鼻子聞……忽然大笑起來，惹得許虹梅斜眼瞪他。

「妳說這味道很臭？有沒有搞錯？妳聞聞。」

許虹梅原先不肯，謝文立不斷慫恿下，接過陶罐聞了聞，耶？果然很香，好像是一種什麼植物類香草味。

「怪了，我剛剛為何聞到超臭的味道，我有問題？」

「不過，我什麼時候買了這個？」完全記不起來，謝文立隨手拋到床板角落，也不理它。

許虹梅彎身撿起來，說要把它給洗乾淨，再放到書桌上當插花器具。

「算了，插花？我沒興趣，況且我哪來時間，妳要就拿去吧。」

許虹梅馬上拿紙包起來放進她的包包，再整理一會，兩個人踏出宿舍去吃晚餐。

◧

晚餐結束，謝文立和許虹梅在校園內攜手散步，陣陣秋風涼爽的吹來，讓人醺然欲醉。

因為剛開學，有許多事情要整理，謝文力就送女友回女舍，自己也轉回宿舍。

次日清晨，謝文立被一抹植物類香草味給薰醒過來，他尋味一找，看到床邊矗立著一只小小巧巧、形狀怪異的陶土罐！

他呆愕了一會……搖頭，還是想不透，掏出一旁手機撥打給許虹梅，對方傳來鼻子呢喃音。

「妳還在睡？」

「嗯……醒了，什麼事？」

「妳昨天是不是把陶土罐帶回去了嗎？」

「嗯？……我找找看。」

接著一陣窸窸窣窣，然後傳來許虹梅聲音：

「耶，昨天我記得明明放進我的包包裡面，怎麼不見了。」

裡。

「它在我床邊！」

「真？假？沒騙我？」

「妳想我會那麼無聊嗎？」

收起手機，許虹梅立刻衝過來，拿起陶土罐上下左右檢視，最後湊近眼睛，望著罐裡。

「別大驚小怪，也許是我們記錯了。」

「呀——」許虹梅突然大叫著，甩掉陶土罐，好在謝文立眼明手快接住了！

「幹嘛啦？一個小東西而已，何必這麼驚惶？」謝文立皺緊濃眉。

「裡面，你看看裡面。」許虹梅纖細手指，微微顫抖指著陶土罐。

謝文立拿進眼前看了好一會兒，又上下翻轉、左右看看，根本沒什麼。

「妳剛才看到什麼？」謝文立問，把陶土罐放到書桌上。

「眼睛，我看到眼睛，還一眨、一眨的，嚇死人了。」

謝文立呵呵大笑，直說不可能，一定是許虹梅看錯了。

「這個陶罐哪來的？」許虹梅表情認真地問。

可惜謝文立忘記了，對這個陶土罐完全沒印象。許虹梅說要把它丟到垃圾去，謝文立不以為然，此事就這樣不了了之。

■

開學一週後，同學們陸續到校報到，跟謝文立同寢室的，有兩位——郭益清、陳志元。

郭益清問謝文立，校園裡有什麼特別好去處？

「好去處嗎？我不太清楚。不過，我很喜歡人文社會學院，那裡很安靜。」一旁的陳志元忽地臉色一變，張著口欲言又止地，最後還是閉上嘴。

「啊！你該問問陳志元學長，他比我們高兩屆，應該比較清楚。」謝文立說。

陳志元忙搖手：「也沒有啦！我平常很少到處閒晃，也不是很清楚。」

三個人閒聊一會，謝文立攜本書，跨出男舍。

下午許虹梅有課，謝文立信步往人文社會學院而去。

人文社會學院地處校園後山，除非有課不然一向少人來，所以環境安寧、清幽，有著「後花園」雅稱。

謝文立到校第一天，環繞著整棟校園時，就愛上了這裡的清幽雅靜。

他正準備哪一天要帶許虹梅到此一遊，他相信她一定會愛上這個地方。

社會學院周遭，環蓋著花木、庭園，還有涼椅、桌子。秋風徐徐迎面而來，又值最適合人體的天候，謝文立倚在涼椅上，不知看了多久的書，天候已向晚了。有些累了，謝文立乾脆閉上眼想小瞇一會，不知不覺竟睡著了。

秋天就是這樣，白天溫度還高，夜幕低垂，溫度很快就下降了，幾陣寒風颳來，謝文立打著冷顫，由驚懼中醒過來，他發現天色已整個暗懵了，而自己竟睡在一座涼亭中。

謝文立揉揉眼，跨出涼亭，放眼望出去，赫！

周遭全是荒煙蔓草的泥地，散發出一股惡臭味，處處矗立著荒涼墓碑，傾頹的石墓碑、腐朽的木製牌上，上面簡單的刻字，幾乎都已模糊不清。

整個景象，充滿詭怖、猙獰，令人毛骨悚然。

墓碑、墓牌附近，有一群孩童或大或小，小的似乎只有三、四歲，大的幾近十五、六歲，嘻嘻哈哈，好像在搶什麼東西，又像在玩耍嬉鬧，跟此地非常不搭。

謝文立走上幾步，這群孩童宛似沒看到他，依然自顧嬉鬧。

忽然，謝文立看到一隻舉高的小手，緊握住一只陶土罐，入目之下，他感到非常眼熟……

謝文立連忙趕上前，一把抓住小手。小手冰寒的近似會刺骨，他急急放手。

小手女孩童約莫六、七歲，滿臉髒汙，一對大眼睛，骨碌碌的望著他。

旁邊一群小男童，包括遠距離的幾位大孩童，全都靜止下來，一齊轉望住謝文立。

這感覺很詭異，因為他們的眼神全都不懷好意，還有幾個發出青藍色眼光。

輕咳一聲，謝文立環視眾孩童，放軟聲調問：

「妹妹妳叫什麼名字？」

「小悠。」小悠看來溫順，指著旁邊男孩：「他是阿強。」

「妳拿這個，是什麼？可以讓叔叔看看嗎？」

小悠把陶土罐遞過來，謝文立仔細看，陶土罐上面呈喇叭狀，大小剛好適合小孩的嘴巴，喇叭下像瘦頸，剛好當握把，握把以下是奇形怪狀的小碗，好像可以盛裝液態物。

謝文立稍微比劃一下，陶土罐截掉握把似的瘦頸，簡直就跟他所擁有的那只陶土罐一模一樣。

難怪他覺得眼熟。

■

「這是小悠媽媽做的陶罐！」旁邊阿強多嘴的說。

謝文力點頭，把陶土罐還給小悠，小悠垮著小臉：

「我媽做了兩個，一個不見了！」

謝文力心中微微一動。阿強接口說：

「一定是淘氣牛偷走了。」

「誰？」謝文力轉向阿強，阿強指著另一個頭大些的男童：「就是他，他又皮、又壞，我們都叫他淘氣牛。」

淘氣牛矮矮胖胖，滿臉橫肉大聲道：

「我借來看看，誰知道就不見了！我沒有偷！」

「有！你有！」

阿強說著，淘氣牛衝近阿強，兩個人槓上了，誰也不讓誰。

不知是否因為衝撞的力道？還是什麼原因？兩個人一面互相衝撞，一面往上升……

謝文力看呆了，眼神被吸引，跟著往上。突然，腰部一陣刺痛傳來，謝文立閃身，下望。一個面相猙獰的老頭，另一個是魁梧年輕人，但眉毛以上，額頭全被削掉剩下一張詭譎平頂臉。

兩個人……不、應該說兩隻鬼物，各持一支尖銳的鐵棒刺進謝文立的腰部。

■

「啊——」狂聲驚吼中，謝文立醒了過來。

襲來陣陣寒冷秋風，使謝文立全身起了雞皮疙瘩。他更清醒了些，看到自己還是睡在庭園的涼椅上。

腰部一陣疼痛，他起身。原來他打盹之間，整個人睡著後歪躺在涼椅上，涼椅間隙的木條剛好戳到他，導致他的腰部疼痛。

釐清原因，他放下心了，只是夢境，沒有什麼恐怖、可怕的。

但是到了晚上，附近過度寂靜的氛圍特別詭譎，使他失去了閒情逸致。拿起書本，他很快地往回走。

忽然，手機響了，是許虹梅。

「你在哪裡？」

「我……」凝望周圍，謝文立道：「快要回去宿舍了。」

「我就在你宿舍門前，手機也不接，到處都找不到你，我還以為你失蹤了。」

「馬上到！馬上到！等我一會兒。」

回頭，他看一眼人文社會學院，沐在秋風蕭瑟的夜空下，除了幾點燈光以外，整幢大樓像隻怪獸，蹲踞著俯瞰周遭。

◧

回宿舍後，謝文立和許虹梅一起去學生餐廳。雖然有點晚了，但餐廳裡還有許多同學，蠻熱鬧的，所以驅走不少謝文立心中的淒寂感。

許虹梅帶著疑惑眼神，一直盯視著謝文立。

雖然高中時就認識他，可是女生總有些敏銳感覺，也不是說不信任他，但還是想知道，整個下午他到底都在幹嘛？就算讀書，也不會不接手機吧？

晚餐後，許虹梅還是不肯放過謝文立——因為心中疑團未解。

「我先送妳回宿舍？」

「不，我跟你去男舍。」

「記得妳明早還有課，不是嗎？」

想起我離開？難道真的有心事？這樣想著，許虹梅輕聲道：

「嗯……沒關係啦。」

到了男舍門前，謝文力住腳，再度重複方才的意思：

「看，我還是得送妳回宿舍。」

「不必！我只想知道你下午到底在哪裡？」

「我不是說過了？在人文社會學院。」

「跟誰？」

實在很不願意說出那場邪異的夢境，但……

「今天兩位室友剛好都有事，會晚點回來，妳上來坐會兒。」

■

捏著陶土罐，謝文立一再揣摩夢境裡的情形，想測量出小悠那只，跟手中這只的異同之處。

許虹梅看他半天都不開口，便接過陶罐。這時，一股怪味道又撲鼻而來。

「喔！好臭！」

謝文立一把搶過來，放到自己鼻息間，深深吸氣：

「哪有，我聞到很香的味道哩。」

「唷！你還真是逐臭之夫吶。」

「告訴我，妳聞到什麼味道？」

「很臭，臭不可當。像……對了！像極了腐屍臭味。」

謝文立笑了：「妳聞過死屍味道？不然怎知腐屍味長怎樣？」

許虹梅伸出粉拳，做勢拍打謝文立胸部，卻被他一把握住，並且被拉近前。

謝文立把頭俯近前，湊上嘴……但許虹梅突然深吸口氣，鎖緊秀眉，一把將他推開。

謝文立一愣，這可是以前從來沒有過的情形？他深深望住她，眼底滿是疑惑。

他身上有股味道，跟陶罐傳出來的一樣，只是許虹梅不好意思說出來，轉口道：

「你還沒說出來，到底整個下午都……？」

「都在人文社會學院附近的庭園看書！」

「跟誰？」

「當然只有我自己！唉唷，妳就別鬧了。我什麼時候說過謊話？」

受不了許虹梅一再追問，謝文立咂嘴，細細道出整個下午經過，甚至坐在哪一把涼椅、看哪本書、看到第幾頁時打瞌睡……交代得一清二楚。

單單沒有說出那個夢境！

「如果妳還是不肯相信，這樣吧，明天下午妳沒有課，跟我一起去人文社會學院，到庭園那把涼椅上坐坐，我保證妳會喜歡那個地方。」

一面說，謝文立一面把玩著手中的陶罐。

「好呀，明天下午喔！」許虹梅芳心一動，又問：「對了，這個呢？這個陶罐哪來的？不會是哪個女生送你的吧？看你愛不釋手的樣子。」

「我真的忘了怎會有這個東西。我不說過了？妳要就拿去當花器呀。」

「對了，說起這個，我覺得很奇怪，我明明把它包的好好的帶回去了，怎麼又跑到你這裡，到底是怎回事？」

謝文立大笑：

「因為妳嫌它臭，看！我說它香，所以喜歡跟著我。」

「好呀！以後我身上多抹些臭味，看你還敢不敢接近我？」

兩個人笑成一團…，辭出男舍時，許虹梅特意再把陶罐收妥當，慎重綁好，放進包包帶回去。

送走許虹梅，回到房間，謝文立忽然有點後悔，因為這只陶罐，似乎有些問題、很有內幕。最重要的，是它到底如何出現到他身邊？

唉，實在想不出來，謝文立只好放棄，不久，兩位室友郭益清和陳志元都回來，大家閒談一會，各自上床了。

睡到一半時，一陣寒意入侵，原就蓋著棉被的謝文立還是感到冷，他縮緊棉被，突然，棉被被整個掀翻開來。

他迷迷糊糊間，睜開一條眼縫，入目之下，整個人赫然嚇醒。

小悠、阿強、淘氣牛三個人一字排開，站在他床頭，俯視著他，它們三個人六隻眼，沒有眼瞳，只有六個洞，射出灼灼綠色光，寒芒刺人！

謝文立心想拉棉被過來，好讓自己躲入棉被裡，可惜，渾身無法動彈。

他沒有說話，但心裡想的，居然化成語言可以傳遞給它們：

「小悠、阿強、阿牛！你們怎麼來了？」

——來找你！他們逼我帶他們來找你。

淘氣牛開口說著，三個人周遭源源不斷的傳來寒冷陰氣，一波又一波。

謝文立冷的受不了，感到自己大聲吼著：

「不要找我，你們快走開。」

小悠伸出小手，指著淘氣牛：

——他說，我的陶罐在你這裡，你快還我！

怪的是，它們說的話，謝文立卻字字聽得清晰，他立即反應：

「沒、沒有！」

淘氣牛大聲道：

——有啦！我第一次看到你，你書掉到地上，彎腰撿起來時，我把陶罐放進你口袋裡。

謝文立一想……好像有這麼回事，那是他第一天到校參觀整座校園，最後繞到人文社會學院，走到草圃，突然颳來一陣風，讓他的書掉了。

但當時他沒看到淘氣牛，對於口袋被塞東西，也無感啊！

阿強忽然伸手，壓住謝文立脖子，憤怒的說：

——你到底還不還陶罐？

脖子好痛，無法呼吸，謝文立摳著頸脖，欲大聲呼叫……他竟然拗不過一個小男孩的嫩手力道。

——還不還呀！

——快還我啦！那是我媽媽做給我的，嗚……

三個小孩童同時欺壓過來，一齊發出的陰晦力量讓謝文立發出痛苦的嗚噎、哽喉聲。

突然『啪！』地一聲，室內燈光大亮，謝文立脖子立刻一鬆，他臉孔漲得紅通通，大口吸氣、喘氣……

學長陳志元下床開燈，看著他，狐疑地問：

「你怎麼了？病了？還是作夢？哪裡不舒服？」

「我……」

謝文立搖頭，下床替自己倒了杯水，一口氣灌進嘴裡，感覺好多了。

陳志元一直注意他的舉動，還發現新大陸似的叫：

「耶，你脖子怎麼了？會痛嗎？」

謝文立拿鏡子來照，發現脖子一圈瘀青。偏偏無法說清楚，只含糊說也許是被棉被壓到或是自己的手捏住了。

等他重回床上，陳志元又問：

「你作夢嗎？是不是好幾個小孩子？」

謝文立訝異轉望他，反問：

「你怎麼知道？」

「我猜的。」陳志元閃開謝文立眼神，熄掉燈光，自顧上床。

思索了好一會，謝文立在黑暗中，出聲道：

「學長一定知道些什麼，對不對？為什麼不說出來？」

過了很久，謝文立聽到陳志元翻身的聲音，聽到他回話：

「我哪會知道什麼事，剛剛聽到你在喊幾個小孩名字，想不到我一猜就中，真佩服我自己。」

「嗯，學長真厲害。」

說完，謝文立翻個身，勉強自己入睡。明天早上有課，下午計畫帶許虹梅去人文社會學院大樓，應該會很忙。

睡到下半夜，謝文立又被騷擾的醒過來，他一下矇緊棉被；一會翻身面向牆壁；總之，他一整夜都不得安寧。

次日醒來，精神很差，上課都在打瞌睡。好不容易捱到中午，等許虹梅下課，一起吃午餐，休息好一會，避開秋老虎般的太陽烈焰，兩人才動身往人文社會學院而去。

◧

下午，雲量忽然增多，加上庭園許多花草、樹木綠意盎然，不但不會感到燥熱，還因為拂來的秋風讓人昏昏欲睡。

謝文立跟許虹梅落座在涼椅上，天南地北的閒聊。謝文立忽想起：

「對了！妳那只陶罐呢？」

「呀！你不提我都忘了這件事。你那邊呢？」

謝文立搖頭：

「我也沒注意。不管它，反正這事不重要。重要的是妳不會再對我疑神疑鬼了吧？」

撇著嘴，許虹梅環視周遭：「這裡看來很不錯。」

「所以，我很喜歡來這裡，坐個半天，妳會發現腦袋空靈。」

兩人只顧閒聊，也不知聊了多久，天色之將暗渾然不覺。

整片紅霞，佈滿灰暗天際，許虹梅起身，說想回去，謝文立卻像隻懶蟲：

「好涼喔！這麼好的天氣，多坐一會吧。好想睡喔！」

話才說罷，突然傳來一陣孩童的嘻笑聲，許虹梅愣了愣，問道：

「你有聽到什麼嗎？」

謝文立點頭，相中浮起個意念，他起身拉著許虹梅的手往前走。

「咦？我以為你要回去？這個方向反了！」

謝文立抬眼瞭望前方，前面一大片空曠草地，再過去是一排大王椰子樹，再過去就看不清楚了。

謝文立想追根究底，到底那天的夢境是自己意識問題？還是真有小朋友？因為那幾個小朋友居然追到男舍，他心中掛念著，這到底是怎回事！越過一排大王椰子樹，天色更暗了，讓他心中興起荒涼、悲戚感。

許虹梅環抱住自己肩胛，微微顫抖著：「天都黑了，還是回宿舍吧。」

謝文立沒有回話，只一逕向前走，忽地側轉頭：

「妳沒聽到嗎？有很多小朋友在玩、在嬉戲，我聽到他們笑得很開心哩！」

許虹梅頭搖一半，正欲發話，謝文立突然伸長手，指著許虹梅斜後面：

「妳看！有蹺蹺板、盪鞦韆……好好玩！」

許虹梅依他所指，轉頭望去。

謝文立往左後方飛奔過去，一副雀躍狀，還不斷低頭、轉左望右、彎腰，嘴裡念念有詞，彷彿周遭有許多孩子跟他對談。

許虹梅走近謝文立，笑彎腰：

「哈……我不知道你這麼會演。想討我開心？等一下還捧個茶杯、點心，要請我吃喝？哈哈哈……」

「啊！看清楚，兒童樂園吶！」謝文立高興極了：「很好玩對吧？阿強，讓給小悠，還有，淘氣牛你不要戲弄小悠！」

原本大笑著的許虹梅，看到謝文立伸手，凌空摸這邊、又摸那邊……那樣的高度真的似乎在摸小孩童的頭。

接著，他甚至抓拉、用力推著看不到什麼物事，好像是抓蹺蹺板、推鞦韆架。

呵呵大笑一會，謝文立指著前面不遠處，轉頭向許虹梅道：

「看到沒有？那邊有一座涼亭，前些天我在涼亭裡睡著了，然後遇到了小悠這群小孩子，想不到這裡還有鞦韆架、翹翹板……」

許虹梅近似發呆的看著謝文立，這時，已經黑盡了的天空下，他臉色白慘慘，雙眼閃出亮黃色光芒，特別顯眼。

謝文立又低頭，撥弄著兩邊身旁，喊著：

「不要拉我衣角，喂喂！放手！阿強！我衣袋會被拉破洞啦！」

許虹梅背脊陣陣發寒，心裡浮出不下千萬種想法……，雖然萬分害怕，卻不能丟下他呀！

但是放眼周遭，寂寥、淒涼的這裡，居然看不到半個人影，她也想跑出去找人幫忙，又恐怕找到救兵時，已經太晚，謝文立會變怎樣？

就這一思索之際，謝文立突然大叫，許虹梅看到他跳躍著，一下撫腰、一會跳腳、接著狂奔向前……

許虹梅追上去，忽然身形一頓，使她停下腳，她低頭一看，兩腿個被一個小孩童緊緊抱住。

緊接著，剛剛，謝文立口中所說的所有場景，竟然一一出現，例如：涼亭、鞦韆、翹翹板、小孩童……

在謝文立身後追著的兩個人也現出形：

一個猙獰老頭、一個額頭被削掉，剩下一張詭譎平頂臉的魁梧年輕人，不，該說是年輕鬼！

■

謝文立坐在自己宿舍書桌前，雙眼無神，捏著陶土罐發呆，嘴裡喃喃唸著：

「這不是我的，我不知道為什麼會在我這裡，不是我的，我不要……」

坐在一旁照顧他的許虹梅，始終紅著雙眶，這情形已經是第三天了，他整整瘦了一大圈，有時候還會驚恐的四下轉頭：

「啊呀！看，許多小孩子……不要圍著我，走開、走開！」

「沒有人，這裡只有我，你不要這樣！」許虹梅掉下淚，一直在勸導他。

有時，謝文立會稍微安靜些，有時就發病了似喃喃自語、大喊大吼。

中午時分，謝媽媽出現了，她接到許虹梅的電話，立刻趕到學校來。

看到兒子近乎癡呆狀，又聽了許虹梅的敘述，她理解了，畢竟是上了年紀，聽多、見多了。於是，她向校方請假，在許虹梅幫忙下，收拾著簡單的行李，把謝文立帶回家去了。

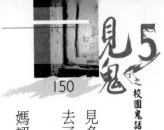

許虹梅依依不捨地跟隨到學校大門，本來她想請假陪謝媽媽和謝文立回家，但謝媽媽認為不必耽誤她的課業，謝媽媽說：

「妳不用擔心。小立小時候也發生過這種事，我知道該如何處理，快的話一週，晚的話一個月應該就夠了，到時候小立會健康沒事的回到學校來。」

說著，謝媽媽拍拍許虹梅瘦弱的肩胛，感謝許虹梅照顧了兒子這些天。

送走謝文立和謝媽媽，許虹梅擔憂了好些日子，期間幾乎天天通電話，詢問謝文立的狀況。

■

半個月後，謝文立帶著陽光般的燦笑，出現在學校。他的室友送上恭賀言詞，許虹梅則激動的哭了，宛如斷線珍珠底淚水，不曾停歇過。

「好了啦！都沒事了還哭。」

謝文立擁住許虹梅，半是心疼、半是安慰她，惹的室友都笑了。

「下午有事嗎？有課嗎？」

許虹梅搖頭，再搖頭，把淚水都搖掉了，露出羞赫笑容，她以為他要約她。

「唷，一日不見，如隔三秋，算算看，」郭益清笑著說：「半個月，十五天，十五乘三，哇！四十五年，我的天，都等到老了！」

許虹梅作勢要打他，他連忙閃躲，兼加舉手：

「投降，小生怕怕，妳的靠山來了我哪敢惹妳？饒了我，拜託！拜託。」

許虹梅轉向謝文立，問他下午有什麼事？

「陪我去人文社會學院！」

此話一出，在場眾人都對謝文立投以驚詫眼光。

「你……你是怎樣？嫌麻煩不夠多？還要去招惹……」說著，許虹梅眼眶又紅了。

「耶，你還真的不怕呀？」郭益清訝然問。

「之前，我是被迷惑了。不懂得害怕，現在有防備，真的不怕！」劉文立道。

郭益清猛搖頭：

「打從我踏入學校開始就聽到不少傳言，我都謹記在心絕對不敢輕易觸犯禁忌。」

「啊？你聽到什麼傳言？」許虹梅忙問。

「就說，沒事不要到後山，我就想那教室在後山的同學怎辦？」郭益清指指陳志元的床鋪，說：「後來我問學長陳志元，他也沒說什麼，只告訴我天黑之後不要去就對了！」

「那他怎麼沒警告文立？」許虹梅嘟著嘴，滿臉不高興。

謝文立忙接口說：「有，他有告訴我，可是我太喜歡那裡的清幽環境，想說白天去了都沒事，就算天黑了還不是一樣的景觀？有什麼差別？」

「差別大嘍，看看你。」許虹梅瞪住謝文立。

謝文立雙收一攤：「我沒事。」

■

就在這時，陳志元走進宿舍，跟大家打過招呼，特別關心一下謝文立。

「嘿！你這人，很沒有同學愛呢！」

說著，免不了又被許虹梅抱怨一番，雖然謝文立極力抹清，陳志元還是道出原委。

他那天夜裡聽到謝文立發出夢話，還問他是否夢見幾個小孩子時，他就心裡有數了。原打算第二天向謝文立提出警告，哪知道他跟他的時間不對盤，接著謝文立就出事了。

「你應該早講呀。」許虹梅還是很不諒解。

「我聽謝文立說，他很喜歡人文社會學院，心裡就知道不妙了，一直想找機會跟他談談，可是一直沒有適當的機會。」

「齁！你就是有許多理由啦！」許虹梅依然不肯鬆口地說。

「好嘍！事情都過去就不必再提了。」謝文立打圓場做總結說。

遲疑了一下，陳志元沉沉低聲說：

「你們不知道，我兩年前遇到恐怖的事，差點被嚇死了！那些小鬼不肯放過我，所以在晚上我絕口不提有關它們的事，我……很怕它們又跟上來。」

大家聽得了，都驚異的望住他。原來他有苦衷！

「我被驚擾得不得已，休了半學期，再到校上課時都是戰戰兢兢，你們不會明白，那種打由心裡升起來的害怕，真的無可言喻。」

大夥都沉默著，想不到陳學長居然有這麼一段……

「別看你現在沒事，」陳志元向謝文立道：「那些東西很陰盛，隨時會向人入侵。」

謝文立臉色不以為然，陳志元接口說：

「你一定不知道何時被它們入侵，因為我們看不到它們，所以無法預防。」

謝文立點頭，這點他倒很同意。

許虹梅趁機指著謝文立，說：

「學長，你一定想不到，他還要去人文社會學院！」

果然，陳志元訝異地瞪大眼，望住謝文立。謝文立無奈的聳聳肩：

「我也沒辦法。」

「對了，可以請問你是如何擺平這件事的嗎？」陳志元問道。

謝文立說起，這都是他媽媽處理的。據說他小時候，體質很敏感，常常會遇邪、中邪，一發生事情，他媽媽就帶他去住家附近一間宮廟，請求道師替他辦消災儀式。

這次也是去找這位道師，但是這次比較麻煩，道師一連舉辦三次，第一次是消災、第二次是驅離、第三次則是護身儀式。

「喔！看，我就說我們學校後山這個很強的。」陳志元說。

「對了，到底後山發生了什麼事件？」許虹梅接口問：「我也見識到它們很恐怖，可是搞了老半天，竟然不知道原因，不很瞎嗎？」

陳志元環眼望眾人：

「剛開始，我也是聽前屆學長說，後山是『夜總會』。也有人稱它是『兒童樂園』。」

◘

原來，S大的後山早期是新竹第一公墓，瀰漫陰森氣氛。

後來公墓遷走，S大校方買下整個山坡地。民國七十三年，校方在此改建人文社會學院，擴建時曾挖出許多骨頭、文物、小孩童的屍骨。

哪知，半夜經過的學生，常會聽到孩童的嬉鬧笑聲。

而且不是少數人，是許多學生都聽到了，所以人人幾乎聞之色變。

因此，為了安撫這些孩子，校方建構了許多兒童遊樂器材，例如翹翹板、盪鞦韆、涼亭等等。

原以為沒事，哪知道它們玩得更兇，更囂張，幾乎天天都會出現，玩鬧、嬉戲，身體比較敏感性的，常常會被它們牽引、尾隨跟蹤，還跟到宿舍來，陳志元和謝文立就是這樣被跟進宿舍來。

聽完陳志元的敘述，謝文立還是堅持要再走一趟人文社會學院！

「你真的不怕死、不怕……那些東西？」許虹梅蹙緊眉心。

「沒辦法，這只陶土罐一直跟著我，我丟了無數次，它總是一再出現在我身邊。」

這也是事實，許虹梅無話可接，一旁的陳志元不敢正視，露出畏懼眼光偷偷瞄著陶土罐。

謝文立說，道師交代他，必須在晚上『亥時』，把陶罐送回去，不然一有機會小鬼童會藉物再附身出現，那時要驅離它們，恐怕就更難了。

聽到這話，大家心裡都壓了塊巨石。

隨著時間的流逝，很快的，『亥時』到了，就是晚上九點到十一點。

謝文立在九點左右，由宿舍出發去人文社會學院！

為了安全起見，他婉拒同寢室室友的陪伴，甚至連許虹梅也拒絕同行。

這個地方黃昏開始，就顯得陰晦、冷寂，這時更凜冽。

遠遠的他就聽到孩童們嘻鬧聲響，謝文力腳下頓頓，前後看看，闃無人跡，硬起頭皮，他繼續往前。

心中默禱著：別怕！別怕，這是最後一次，以後，打死我也不會再來。

庭園又恢復了往昔景觀，涼亭矗立在一角，再過去一片荒煙蔓草，橫豎、歪斜的插著墓碑、腐木，近處有許多遊樂設施，許多奇形怪狀、長相詭怖、猙獰的東西，玩得不亦樂乎。

謝文力站住腳，將手上陶罐置放在爛泥地上，掩住耳朵，閉上眼，揚聲，聲音帶著抖音：

「小悠！我把妳的陶罐送回給妳。」

說完，他抽身就往回走。走到一半，雙腿、雙臂、頭頸瞬間變很重、還發疼，他知道，它們蜂擁而來的抓拉住他。

道師早料到這情形，謝文立也早有準備，他把道師交給他的，加持過的護身符掏出來，往自己身上四周揮動。護身符發出閃燃，那群妖魔鬼物頓然往四面八方徹散而退。

謝文立跨大步，忙往回走，周遭傳來哀嚎淒厲鬼聲，他更緊緊摀住雙耳……

等在校園一角的許虹梅，遠遠看到謝文立跑過來，她有劫後餘生之感，也迎奔上前，兩人緊緊擁抱。

第七帖

神秘的敲擊

晚自習時間過了一大半，有些同學已陸續回家，教室內所剩同學不多，大約只有三分之一左右。

沈宏里低著頭，很專心的在看書。以他座位為中心點，方圓一公尺左右，只剩下他一個人，附近同學都走光了，所以都是空位。

忽然，他抬起頭，猛可裡轉望後面，再四下溜一眼，這才看到左近幾乎都沒人了，那，是誰？

唉，一定是自己太用功了，他回過頭來，左右轉轉頭，又伸手拍拍自己後頸脖，繼續看書。

可是愈看愈覺得後頸脖很怪異——說不出來的奇怪，明明後面都沒人呀！

後頸脖的怪異，影響他的看書效率，到最後後頸脖實在很痠。剛好，下課鐘響了，他再次確認後面，離他最近的同學，跟他隔了一條走道坐在最後座，至少跟他相距三公尺左右，絕不可能是同學在調皮。

收起書本，沈宏里又拍拍後頸脖，扭轉著頭部，起身跨出教室。

同學們也陸續離開了。

迴廊不陰暗，但卻有一股陰森感覺，尤其在這個時段——晚上九點多，寂寥中，彷佛有什麼東西躲藏在附近似的。

沈宏里後面，傳來三、兩位同學的談話聲，不過聲音很低。

迴廊盡頭，就是廁所，沈宏里在廁所前三公尺左右，腳步頓了一頓，考慮要不要上廁所。

就在這時，廁所內轉出一位同學，頭俯的很低，不過沈宏里還是看到——除了頭髮，同學臉上戴著黑框眼鏡，還有身軀有點瘦，身高則是一般般。

沈宏里記得班上沒有這號人物，還有，現在的學生，誰還戴這種落伍的黑框眼鏡啦？

就在雙方擦身而過時，沈宏里不自覺多看了他一眼，看到他側臉臉頰消瘦，臉色青灰、青灰地，看來就是一副不健康的模樣。

沈宏里忘形的裂嘴笑了笑，心想這位同學一定是過度用功，不然怎麼一副營養不良樣子？

也許這位同學不清楚自己的外形，那站在同校同學立場上，要不要好心提醒他一聲？沈宏里沒來由地湧起一股善良意念，猶豫一會兒，他停住腳，轉回身。

「唉唷！」

忽傳來一聲響，原來是方才走在他後面那些同學，這時剛好到達他身後，沈宏里跟其中一位相撞了。

「呀啊，對不起！對不起！」沈宏里忙道歉說。

「耶！你沒聽到我們的腳步聲嗎？」

「到底在想什麼啦？」

「我來猜猜看，在想……等一下要跟哪個妹約會唷！」

「哈哈哈哈……」

同學們調侃他一陣，越過他，繼續往前。

沈宏里前後看著，方才那位同學已經不見了！

但是沒這麼快吧？依他估計，前後絕對不超過五、六分鐘哪！

沈宏里回頭看剛剛那三位同學，很想去問他們，可是又擔心被取笑了，想想還是算了。

可是，又不太甘心吶！沈宏里遂往後的教室走過去，想找找看。

走到一半，教室燈關了，負責關燈、鎖門的林嘉青同學，一面上鎖，一面轉頭：

「怎麼？有東西忘在教室裡嗎？」

沈宏里搖頭，掂起腳，朝前方看看，又轉望教室。

「嘿！剛剛有一位同學，差不多這麼高，」沈宏里比劃著：「戴著黑框眼鏡走過來，有沒有？」

林嘉青隨著轉頭看：「哪有，我只看到你。」

「奇怪，我明明……」

「看錯了吧，都幾點了？誰還留在教室？走了！」

說著，林嘉青自顧往迴廊而走，沈宏里也只得跟著向校外而去。

■

這裡是新莊F高中，傳聞頗多，最著名的就是廁所多，多到一條走廊竟然有四間廁所。

每天同學們盡情揮灑青春，在操場打球、繞著操場跑步運動啦、散步啦等等……許多同學天真無邪的過著尋常日子，那是因為他們沒遇到奇怪的事件。

沈宏里和杜錦彬是同班同學也是麻吉，杜錦彬長相俊朗，有一位同校的女友——許鳳宜。

這天下午，上完體育課，杜錦彬跟沈宏里一面閒聊，一面慢慢走回教室，在騎樓下，遠遠看到了許鳳宜倚在廊柱旁，等兩人走近了跟許鳳宜打聲招呼，沈宏里識趣的先回教室了。

「有事？」杜錦彬抹掉額頭汗水，問。

「下課一起走？」

「嗯，我恐怕要上晚自習。」

「哼！那算了。」

「問妳有事，妳又不講。我昨天沒上晚自習，浪費了一天。」杜錦彬甩著頭，汗水順著髮絲，往下滴：「很擔心趕不上進度。」

「喔，很用功嘛。」許鳳宜杏眼一翻，語氣酸溜溜。

「幹嘛這樣說？妳又不是不知道，選讀這個科系，課業不輕鬆……」

「好啦！好啦！那我走了。」

杜錦彬一把拉住許鳳宜柔荑，好言好語問她到底什麼事，這麼重要？

「我生日！」

「喔！咦，我記得上個月，我們才聚餐，不是嗎？」

「上個月是情人節！今天呢，你忘了？我的生日。」許鳳宜星眸一轉，嬌嗔道。

就愛她這副嬌模樣，杜錦彬眨眨眼，又拍一下額頭，思考著，點頭：

「好吧，不過先說好，我要上晚自習。」

聞言許鳳宜容顏一變，瞪圓漂亮大眼，杜錦彬連忙接口：

「聽我說完嘛。讓我看書看個一小時，我提早離開。反正妳沒那麼早吃飯嘛，好不好？」

許鳳宜勉為其難的答應了，這時上課鐘響，兩人約定妥當，各自回教室。

■

到傍晚下課了，許鳳宜在教室內等杜錦彬。

兩人原本約好七點見面，哪知這一等居然等到快八點，許鳳宜可氣炸了，一點都不關心她嘛！

她決定去科技教室找杜錦彬，於是下了二樓。她直直走，經過了第一間廁所，她還沒想到什麼。

這時，天色已經黑了，教職員教室在前棟，這排教室的學生都走光了，不但沒有半個人，連每間教室都黑忽忽一片，只有走廊外路燈灑下陰幽幽的日光燈。

走到了第二間廁所時，許鳳宜忽然憶起，曾聽學姊說過：

「我們學校裡，什麼最多？廁所最多！不過，晚上過了八點最好不要去廁所，如果要去，找同學結伴才安全。」

許鳳宜問學姊為什麼？學姊只露出詭譎笑容卻甚麼都不肯講。

當時，許鳳宜認為她只是在嚇唬人，但現在身臨其境又只有她一個人，才感覺到恐怖！

該怎麼辦？想了好久、好久，許鳳宜咬咬牙，深呼吸、勇敢的舉步向前……

◧

第三間廁所也過了，所幸平安沒遇到什麼怪事。

她發覺只要心裡想著杜錦彬，好像就沒什麼可怕了！因此，她腳步加快許多，過了第四廁所，轉個彎經過長長的迴廊，就是生活科技教室了。

也許是因為挑戰廁所成功，許鳳宜膽子大了些，在經過第四間廁所時，她有意無意地轉眼，瞄一眼裡面。

裡面是一片黑，但就在她微微牽動出雙腮笑紋之際，黑暗中突然走出一道人影……乍然入眼，許鳳宜心口大驚，整個人愣然呆愣得無法動彈。

但下一秒，她看清楚他穿著校內制服、頭俯得低低，許鳳宜不禁一鬆，勉強展顏笑道：

「同學，你這樣很嚇人耶，害我吃了一驚。」

對方沒有反應，還繼續往許鳳宜走過來。

許鳳宜輕蹙眉頭，閃也不是；走也不是。就在他快碰到她時，她才想閃，但來不及了。

這麼近距離之下，許鳳宜看清楚他俯得很低、過度消瘦的臉頰，呈青灰色，戴著黑框眼鏡。

這個不是重點，重點是他直直逼近許鳳宜。許鳳宜發現這點，急欲退，又無可退，腳下一個踉蹌差點摔倒，這時他整個人持續向前，穿透過許鳳宜……許鳳宜突如其來，渾身一顫，剎那間整個人魂飛魄散！

◧

不知道經過了多久，杜錦彬發現自己超過約定時間，急忙忙收拾書本，衝出科技教室，一路往迴廊奔去。

奔到迴廊盡頭，經過廁所，轉彎，忽然他聽到一股低沉、混雜語聲。起初他沒注意，越過廁所時，似乎聽到有人低喊自己名字，這才停腳、後退、轉望廁所，因為他發現聲音是從廁所傳來。

可是廁所裡暗濛一片，他睜眼望，又用手遮住額頭，免得外面路燈惑亂視綫。隱約可以看到廁所裡面，有兩道模糊人影。

他掏出手機，按開開關，照向廁所裡面……

赫！兩道人影，變成了一個人影……這是一個女生影子，還有點熟悉！

杜錦彬走了進去，再細看不禁驚呼出聲：

「鳳宜？許鳳宜！妳在這裡幹嘛？」

許鳳宜沒有回話，徐徐轉頭，冷然眼睛發出陰綠光芒，手上還拿了根麻繩……很粗的麻繩。

看清楚了，杜錦彬立刻衝上前，盯著許鳳宜，連聲問她在幹嘛？手上麻繩又是幹什麼用的？

許鳳宜伸手，指著剛剛消失了的另一道人影，聲音低沉而沙啞：

「它……它叫我……用這條……」

「為什麼用這個？」

在許鳳宜緩慢的解說下，杜錦彬才聽出端倪：

有一個人告訴她，想找杜錦彬，只有用這個吊在頸脖，才可以找到她想找的人！

杜錦彬似懂非懂，不過他已感覺到警訊，拉住許鳳宜就往外走，問她：

「誰？是誰問妳這些話？」

「他，他姓黃，叫黃定基。」許鳳宜轉頭，望著後面廁所。

就在這時，一條模糊似輕煙的影子，舉起手臂朝她招了招手。

■

「你認不認識一位叫黃定基的人？」

被問話的同學，全都一致猛搖頭。

問遍所有校內的同學們，最後杜錦彬失望了，完全沒有這個人！

頹然走回自己教室，杜錦彬神情落寞地落座。

「喂！帥哥，精神很差唷？」

杜錦彬肩膀被人拍一下，他頭都沒回，聽聲音也知道是麻吉沈宏里。

「怎麼啦？你出了什麼事？」沈宏里坐到走到旁邊的座位上。

「不是我，是許鳳宜。」

「哦？她怎麼了？」

「前天是她的生日，我們約好了一塊去吃大餐，結果我看書看到忘記時間，後來……」

杜錦彬細細說起前晚的經過。

「後來，她整個人就變得很奇怪。」

「怎麼奇怪？」

前晚用餐時，許鳳宜整個人近似失魂般，不多話，問她話也答非所問，最奇怪的是她一直在找什麼繩子、麻繩之類的。」

「找繩子幹嘛？」

「我哪知道？前天晚上，她說有個叫黃定基的，給她一條麻繩，我想不出來，這條麻繩從哪來的？還有，她要麻繩幹嘛？」

沈宏里也無語。

「昨天我打電話去她家，她媽媽說她好像病了，要帶她去看醫生。」

沈宏里點頭。

「今天她又沒到校，我猜，」杜錦彬搖頭：「情況不太好，今天我恐怕沒辦法上晚自習。」

「要我幫你請假？」

「嗯！謝啦！我想去她家看看。」

沈宏里點頭，起身回座。

「耶，認不認識一個叫……黃定基的？」

沈宏里聚眉想了想，搖頭。

「學長們呢？學弟們？都沒有？」

「就我所認識的人裡，好像沒有這個人。」

失望極了的杜錦彬放開手，揮了揮，沈宏里自顧回座。

■

晚自習時間，沈宏里遲到了，他匆匆直奔第四間廁所，轉向迴廊。

這時，沈宏里看到遠遠的迴廊前方，有一位同學背影正轉入科技教室。

這道背影，有些眼熟但又似非常陌生。

沈宏里加快腳步直奔科技教室，裡面的同學各個聚精會神地低頭看書，對於他進教室，根本都沒人注意或抬頭看他。

他左右看看，好像沒看到方才熟悉又陌生背影的主人！

已經過了些許時間，不容他顧及其他，因此他很快落座，拿出書本專注看起書。

下半節時間過沒多久，開始有些同學起身早退。又過了好一會兒，沈宏里的後頸脖又開始了怪異的感覺。

他轉回頭看，後面同學低著頭專注地看書。

沈宏里後頸脖的怪異，影響他的看書效率。他左右偏歪著頭，扭轉脖子，又拍了拍脖子再繼續看書。

但是，那種感覺又來了，很煩吶！

因為煩躁，讓沈宏里生氣了，他放下書本，轉回頭，揚聲道：

「喂！是不是你？」

後座同學抬起頭，滿臉不解：「我怎了？」

「你在我後面幹嘛？讓我很不舒服耶。」

「我哪有幹嘛？我在看書，不信你問我後面的同學！」

他後面那位同學也證實，由始至終他一直低著頭看書，根本都沒碰觸到前面沈宏里的椅子、甚至背後。

兩個人搞得很不爽，後面的同學憤然收拾起書包，甩上肩膀，提早離開教室。

沈宏里撇撇嘴角，雖然有點抱歉，可是他也無意趕走同學呀，況且他自己也很不好過呢！

同學離開過了大約十幾分鐘，後面頸脖的不舒服感，又來了！

沈宏里非常急速地、猛然轉回頭——什麼都沒有，他後面同學已離開，座位是空的；再後面那一位，也是低著頭在看書，看起來好像不曾有過調皮或什麼動作似的。

「看什麼？我沒有動你唷！」那位同學伸長手：「看清楚，我手沒那麼長可以碰觸到你喔！真是莫名其妙！」

書，真的看不下去了，沈宏里橫著臉，收拾一下也離開教室。

時間過得很快，一天過去，又到了晚自習時間。

「怎麼啦？」

「怎麼啦？」

兩個人同聲問，又同時露出苦笑。

「你先說。」杜錦彬道。

「不！你先說。」沈宏里道。

「許鳳宜狀況很糟，一天比一天糟糕。」

「什麼病呀？她？」

「不知道，去找醫生檢查，都找不出毛病。」

「沒病當然就找不出毛病嘍，不是嗎？」

「但是她人就很奇怪，好像認不出她媽媽。」

「那沒關係呀，只要認得出你就好了，反正將來她要嫁給你……」

杜錦彬捶了沈宏里一拳：

「去你的！她現在這樣子，我保證連你看了都會害怕。」

「真的？既然這樣為何找不出病因？」

杜錦彬聳聳肩搖頭，問：

「喂！晚自習時間到了，去不去科技教室？」

沈宏里搔頭：

「我今天想翹課。」

「念書也會累喔？我還以為你很用功的說。」

「唉！你不知道，我頸脖痛歪了！」

「怎回事？」

接著，沈宏里說起每天去科技教室，每天被敲後頸脖。

「看，我只好貼這個痠痛藥布。」

說著，沈宏里拉開後衣領，露出後面脖子。

杜錦彬看了哈哈大笑，據他所知，這種痠痛藥布是阿嬤級在貼的哩。

「有什麼好笑？我氣炸了。」

「會不會是被同學戲弄？」

沈宏里搔頭：「我注意了不下千萬遍，完全找不到兇手。」

接著，他細細談起當時的狀況，就算後面沒有同學，後頸脖還是照樣不舒服。

「唉，都怪我，這陣子為了許鳳宜都沒去晚自習，不然我可以幫你看到底是誰在搞啥花樣。」

兩個人討論了好一陣子，杜錦彬突發奇想：

「嘿！我想到一個好辦法！」

「什麼？」

「今天，剛好我有帶這支手機，我們可以這樣……這樣……」杜錦彬附在沈宏里耳旁，絮絮說出他的計畫。

「這樣有效嗎？對於我的痠痛症？」

「好歹試試看嘛。」

「嗯……也好。」

兩人說定了後，沈宏里照平常習慣，撈起書包，踏出教室，往科技教室而去。

自修到一半，沈宏里的後頸脖，再次痠痛起來。

他轉回頭看看，後座同學一對上他雙眼，臭著臉立刻起身換到旁邊後面的空座位上。其實，沈宏里並非針對他，他是在找人。

看完正後面，轉換找側後面，卻都沒看到人。

「奇怪？這小子跑哪去了？」

喃喃低念著，沈宏里轉回正面原想再多看點書，可是後幾頸脖的痠痛讓他非常不舒服，即使貼了痠痛藥布還是不管用。

他勉強又坐了一會，再也忍受不下去，只好收拾書包提早離開。

離開科技教室，他特意繞到平常的教室，裡面暗濛濛不見半個人影，他發了一會呆，心想，這麼晚了還是回家算了，明天再說吧。

跨出校園大門，沈宏里的手機忽然響了，他一看，是杜錦彬，他更訝異了！
「喂！你爽去哪裡了？是不是去許鳳宜家？」
「不要亂講，誰去她家啦？」杜錦彬音量又高又急促。
「你在哪？」
「往前，有沒有？右邊，五十度，看到我沒？」
依言，沈宏里望向前方，對街五十度馬路旁一家飲料店前，杜錦彬向他招手。

◧

飲料店內，人聲沸騰，沈宏里皺起眉頭：
「這裡很吵耶，幹嘛選在這間啦？」
杜錦彬點頭，兩個人又換了一家安靜點的泡沫紅茶店，點過飲料，喝下一大口，沈宏里發現杜錦彬臉色青白、青白地。
「你怎麼啦？被鬼嚇到了？」
杜錦彬斜瞪他一眼，不否認地點頭。
沈宏里似乎有些吃驚，頓頓，反問：
「啊你到底怎回事？不是說好要……」
杜錦彬由書包掏出手機，面色沉重地。
「你真的有照呀？」看到手機，沈宏里興奮極了：「到底是誰？哪個王八蛋作弄本大爺。」

這支手機性能頗佳，像素很高，平常杜錦彬都帶另外一支，很少帶這支。

杜錦彬都沒接話，按開手機，按下播放……

杜錦彬從教室後面偷拍，所以鏡頭裡，先是教室裡的同學們的背後，大家都很專注在看書，一片沉靜。

為了掌握確切實境，鏡頭微微晃動，那是杜錦彬在移動，從教室後延窗邊移近前。

鏡頭隨之一轉，照到沈宏里背後……接著，兩條細細黑影，懵然出現，轉變成清楚了些……那是一雙腳！

從天而降，腳尖恰恰抵住沈宏里的後頸脖，接著，腳尖搖晃起來，一甩、一甩之際，狀似在敲擊。

「原來，是這雙腳在敲擊我的後頸脖！」沈宏里臉色不好看的說：「到底是誰？不去別地方甩他的腳，偏偏在我後面？」

杜錦彬沒開口，眼底現出一股詭譎異色。

「喂，幹嘛不說話？」

「你難道看不出來嗎？」杜錦彬緩緩開口說。

「看不出什麼？你一定有看到是誰在我後面惡作劇。」

杜錦彬呼了口氣，暫時把手機按關掉：

「剛開始，我也是這樣想。就不知道哪位同學，吃飽了撐著沒事幹。可是，你想想看，這種高度、在教室內站得住人嗎？就算站得住，那請問這個人的著力點又在哪？」

沈宏里聽了，臉色微變：

「天花板？不然咧？」

杜錦彬搖頭，好一會，慢騰騰的接口：

「我當時手機放一邊，抬頭看實景，也就是現場，你知道你的上面就是教室天花板，可是我看到天花板……是空的。」

「沒、沒看到腳的主人？」

「別說主人，連那雙腳都不見了！」

沈宏里眨巴著眼：

「腳都不見了？那是誰在敲我後頸脖？」

「那時候，不知道你是否還繼續被敲擊，腳不見，應該說你就不會被敲了吧？」

「嗯？說的好像有道理。重點是，我們沒有事先約好。」沈宏里想了想。

杜錦彬輕輕頷首，事實上他心裡很毛，只是不想表現出自己害怕的一面。

「等一下，你都沒繼續拍照嗎？」

「我認為照到腳，知道了你痠痛的原因，可以交差嘍。」杜錦彬聳聳雙肩，喝口飲料。

「不對啦！你幹嘛不揪出兇手？所以，我們都還不知道到底是誰在惡作劇？」

杜錦彬看看沈宏里，心中想道：這件事，有點詭異，哪可能揪出兇手？

「明天，再幫我一次。」沈宏里堅決地說：「拜託。我想妥當了，我先跟你約定，假如後頭脖受到敲擊，我的頭就往上抬。」

杜錦彬默默地聽著。

「假如停止敲擊了，我就低下頭去！」

「嗯！想不到你這小子，倒挺聰明的嘛。」

「聰明的是你，這個方法是你想出來的，不是嗎？」沈宏里笑著說。

兩個人就這樣約定好，末了，沈宏里強調，務必要照出兇手的真面目。

■

杜錦彬下課後，先去探望許鳳宜，發現她的病更沉重了。

聽許媽媽說，許鳳宜不斷喃喃自語，說她要去找他。

問她找誰？她支吾的說，找同學，找黃定基。

杜錦彬深鎖眉頭，什麼黃定基？他問遍所有認識的同學，根本沒人知道有這個人物！

看看時間差不多了，杜錦彬告訴許媽媽，說他會繼續找黃定基，然後就趕到學校，搭車來回費了不少時間，到校時已經快八點了。

杜錦彬匆匆經過四間廁所，轉向迴廊，忽然看到前面一條人影，也是往科技教室去。

杜錦彬加快腳步，想說有同學跟他一樣遲到，何不兩個人一塊走？

哪知道，完全追不上前面這個同學，他背影有點瘦弱，俯低著頭。

「嘿！同學！等等我……」

杜錦彬忍不住揚聲叫，果然前面那位同學站住腳，好像在等他，他開大步走，沒看到那位同學走動，但兩個人始終保持一樣的距離。

雖然覺得奇怪，但思緒一時沒轉過來，開大步走了足足有十多分鐘，杜錦彬才猛然發現不對勁。

以他的步伐，為何走了這麼久，還沒到科技教室？這不合理！

他左右看看，突然發現，第四間廁所就在他左側旁邊，也就是說，他依舊在迴廊的此端。

杜錦彬心裡發毛，一心希望趕快離開這間廁所附近，寄望前面那位同學可以作個伴：

「耶耶，前面的同學，等我一下。」

這時，整條迴廊顯得陰森而晦暗，視綫相當差，前面那位同學緩緩轉過身，看不清他的臉，只看到他一面轉，一面起了變化。

先是頭部，像個水柱，乍然僨張、四下噴散、消失在空氣中；接著是上半身，四下噴散、消失；然後是腰際以下的下半身，整個全都消失了……

杜錦彬差點暈倒，他冷汗淋漓，雙腿一軟，癱坐在地上。

忽然，後面伸出兩隻手，他沒有任何感覺，不曉得手是如何插進他雙脇，等他有感時，整個人已被後面的個人架起來……

「呼……謝謝，幸好有你幫忙，剛剛真把我嚇死了。」

「吶，這個給你。」後面說話聲又慢、又沙啞。

這時，杜錦彬站定身子，入手接到同學遞來的東西，他指著前面，驚魂甫定的聲音斷斷續續，說：

「剛剛有個……同學，超恐怖，忽然……消失了。」

——怎麼消失？是不是這樣……

杜錦彬側轉回頭，入目看到身旁這位同學，雙頰消瘦，臉色黯沉，架著一副黑框眼鏡。

下一瞬間，他頭部像爆炸似乍然噴散、消失；接著是上半身，爆散的消失；最後是腰際以下的下半身，整個都消失……

驚惶睜大眼眶，一對眼珠子幾乎要掉出來，不知哪來的力氣，杜錦彬恍如脫弓之箭，往前飛奔……

◧

整間科技教室的同學們，全都愕然的看著杜錦彬。

杜錦彬拍著胸口，深吸口氣，摸摸後腦杓：

「抱歉，驚擾各位了。看到大家，太高興。嘿嘿。」

他立刻坐到自己座位，低頭望去，赫然發現手上握著一根麻繩。

他呆了一下，手發顫的把麻繩丟到抽屜內。

這時，沈宏里回頭、側臉看他，眼裡盡是疑惑神色，接著摸摸後頸脖，跟杜錦彬打著暗號。

杜錦彬懂他的意思，也以暗號回他，他這才轉回頭去。

呼吸還是很急迫，不過杜錦彬很快讓自己恢復正常，並且拿出書本、筆記……

忽然一抬頭，杜錦彬發現沈宏里頭抬高了。

杜錦彬連忙掏出手機，對準沈宏里身後……果不其然，那雙腳出現了，正一甩、一甩的敲擊著他的後頸脖。

手機畫面雖然有限，不過杜錦彬調妥鏡頭，往上移……照到腳、小腿時，忽然……腳消失不見了。

杜錦彬放下手機，看到沈宏里的背後空空的。同時沈宏里也低下頭去，這表示，腳沒有再敲擊他。

不一會，沈宏里又抬頭了，杜錦彬連忙把手機對過去，又看到腳了。他把手機略微移開，再看沈宏里！

嗯？手機畫面還是有腳，可是他眼睛卻看不到腳。

就這樣，杜錦彬試過好多次，發現確定真的是這樣，手機畫面可以照到腳但眼睛看不到。

這表示什麼？

杜錦彬不敢多想，只是答應同學了不得不做，此時他渾身冷汗直流。

終於，等到沈宏里一直抬著頭，杜錦彬握著手機的手，一面顫抖不住，一面將鏡頭往上移。

鏡面上出現腳、小腿、大腿、腰部、胸部……可以看出這個人有點瘦弱。

可以這麼清楚的看到人，他感到相當意外。

手機裡這個人手上握住一根麻繩。看到麻繩，杜錦彬吞了口口水，手機繼續往上，脖子、臉……它的臉上，戴著一副黑框眼鏡！

這會兒，杜錦彬不只是顫慄而已，因為它的臉，正對著自己。

也就是說，他身子扭曲著，脖子以下正面向著沈宏里，踢他的頸脖；臉孔則是反面望住杜錦彬！

「哇啊——」

驚恐喊一聲，杜錦彬整個人朝後仰，手機差點掉到地上，好在他眼明手快，倉皇接住了。

全班同學都被嚇一大跳，紛紛轉望他。他驚駭雙眼瞪住沈宏里，沈宏里不明所以的看著他。

杜錦彬無法繼續坐在教室內，也來不及收拾書包，抓著手機狂奔出教室。

沈宏里立刻起身，追了出去。

兩個人一前、一後，速度都很快，奔出陰森迴廊，轉向前。

跑出校園外時，沈宏里已經追上了杜錦彬，伸手抓住他衣領，兩個人這才停腳，喘著大氣。

接著，沈宏里和杜錦彬來到上回聚會的泡沫紅茶店，喝了飲料，壓壓驚，沈宏里也不急著問，只等他開口。

■

經過一番查問，結果出來了。多年前一位學長——黃定基，戴著一副黑框眼鏡，身軀瘦弱。

可能是長期鬱悶，或其他什麼因素，始終一副鬱鬱寡歡。一天晚上，他在第四間廁所內吞安眠藥自殺，次日被發現，緊急送醫，命是救回來了，但他身體似乎更虛弱了。

不到半個月的某一天，他被人發現在科技教室內上吊自殺。而上吊自殺的位置，正是沈宏里座位的正上方，天花板上的電風扇！

雖然上吊的電風扇已經拆掉，但黃定基還流連在這裡，常常徘徊在第四間廁所，流連在迴廊，往科技教室而來。

看到手機內照片，沈宏里脫口說：

「唉唷！原來是……它？」

「你看過它？胡說？它已經死亡多年。」杜錦彬道。

沈宏里這才說起第一次意外遇見它的經過。

杜錦彬聽了，忽地恍然大悟：

「嘿！我想到了，許鳳宜！她也是去找我的那一天晚上，經過廁所時遇到了許多奇怪的事。當時我問她，她說的不清不楚，現在……」

沈宏里接口道：

「你曾問過我，認不認識黃定基！」

「對！黃定基，它也找上許鳳宜，還有前些天，」杜錦彬嗒然若失地：「我不是幫你拍照？你知道嗎？它居然遞一條麻繩給我。」

「記得我聽你說過，許鳳宜在找麻繩。」沈宏里問。

杜錦彬頷首，兩人意會到了，忍不住異口同聲：

「它在抓交替！」

確認過，杜錦彬很快趕到許家，想不到許家一片慌亂，許爸在一旁唉聲嘆氣；許媽媽一把鼻涕、一把眼淚，向杜錦彬敘述經過。

許鳳宜到今天是第三次發生上吊事件，前幾次都讓家人發現，搶救下來，今天一早，許爸陪許媽媽去買菜，兩老認為兩個鐘頭而已，應該無礙。

哪知一回到家就不到許鳳宜，叫她也沒應聲，許媽媽找到她房間，門開了一半，沒見到女兒，正要關上門之際，突然看到門後右邊一條影子在晃盪。

許媽媽把門整個打開，頓見到許鳳宜，用麻繩吊在窗框上……

聽完許媽媽驚險的這一幕，又看到許鳳宜小臉上，憔悴又蒼白，杜錦彬心口好痛，他絮絮說起緣由、說出黃定基事件，還說它也送他一根麻繩，自己差點被它蠱惑，說完，輕輕接口：

「我只知道鳳宜肯定跟黃定基的事有關，但是，我不知道該怎麼做……。」

許爸爸、許媽媽聽了，都瞪圓一對老眼，許媽媽看一眼許爸爸：

「呀！早知道這樣就好辦了！」

「許媽媽有什麼方法？」

許媽媽當下進入許鳳宜房間內，拿出外套，替女兒套上，皆同許爸爸，準備出門。

「許媽媽，妳要去哪？我可以一起去嗎？」杜錦彬看看許媽、許爸。

許媽媽用力點著頭：

「當然，你也必須去一趟。」

杜錦彬聽了心裡大喜，幫忙找許鳳宜的布鞋，替她套上，一面又問要去哪？

原來，許媽媽認識廟裡一位法師，遇到這種事，也只有法師有能力幫忙除厄了。

杜錦彬聽了，更想去。因為他也要求一道平安符，他還想，改天要帶沈宏里去求個平安符。

第八帖

被遺忘的小精靈

新北市，X明國小，有附設的幼稚園，因為是附設，範圍不大。

新生報到後，新學期開始，原本安寧的小操場一到下課時間就熱鬧起來。

黃曉雲和許月音同念彩虹大班，因為座位相鄰，隨著天天上課，兩個人感情愈來愈親近。

下課後，兩個小人兒喜歡玩溜滑梯，鑽龍洞。所謂龍洞，就是用繩子綁住圈圈，小朋友鑽進去，要越過一圈、又一圈驚險的圈圈，挑戰成功後，他們會開心的拍拍手。她兩人最喜歡競賽、較技，常常在操場戲耍，有時候玩到過了上課鈴響，還繼續玩耍。

幼稚園操場，範圍有些奇怪，原本就不太寬廣，可是左邊圍著一排鐵絲網，因為怕小朋友危險，鐵絲網上面夾鋪著木板，從這邊木板間隙望過去，那一面也是空曠一大片，沒有任何設施，還雜草叢生，雖然有人清理，不過那一邊看起來，就是很荒涼。

「小朋友，老師說的話，要記住喔。」彩虹大班的林竹韻老師，向小朋友聲明：「不要靠近木板牆，有鐵絲網很危險，知道嗎？」

排在操場上的整排小朋友紛紛點頭，有的在戲耍調皮、有的轉頭看溜滑梯，也不知道他們都聽進去了沒。

只是，老師講完就算有交代過了，加上平常老師都很忙，就沒太過注意，只要小朋友沒受傷就好。

黃曉雲的姐姐——黃曉芬，念X明國小的小二，下課時都會找妹妹一起回家。

至於許月音，家庭有些複雜，她剛出生沒多久，爸媽就離婚，媽媽改嫁，爸爸則也另組家庭。

剛開始，許月音跟爸爸同住，新媽媽生了小寶寶之後，她被奶奶接過去同住。奶奶在學校附近擺攤，賣車輪餅，走路不到十分鐘。

許月音雖然還小，可能因為家庭關係，她比一般孩童懂事多了。不過畢竟還是小孩子，她還是具有小孩童的天真。

開學沒多久的這一天，下課了，黃曉芬來接黃曉雲，兩姊妹手拉手，一面說笑、一面往回家路上走。

走到一半，黃曉雲忽然掙開黃曉芬的手往後跑。果然，許月音一臉木然，咬著手指頭，睜眼望著她倆姊妹的背影發呆。

「許月音，妳不回家嗎？」

許月音點點頭。

黃曉芬曾聽妹妹提起過，她跟許月音很好，常玩在一起，她開口問：

「要不要跟我們一起走？」

「等一下我奶奶會來。」

「這樣嗎？所以妳要等妳奶奶？」黃曉芬問，看到許月音又點頭，她說：「那我們先走了。拜拜。」

望著兩姊妹的背影，許月音還是一副呆木樣子，沒人知道她的心思。

林竹韻老師知道許月音的奶奶在附近擺攤，也問清楚奶奶會來接她，她交代許月音不能亂跑，等一下奶奶會來，就自顧忙她的去了。

其實老師也很忙的。

小朋友的心，一刻都關不住，等了好一會兒，眼看同學們一個個都走了，許月音漸漸失去耐心。

她開始不安份，就在附近隨便晃晃、東張西望，覺得沒什麼玩興，忽地轉進校內，逕自溜到操場，看到操場上的遊樂設施，她笑開懷了。

■

要在平常，這裡所有的遊樂設施，幾乎都被其他同學佔滿了，想玩得排隊，這一排，頂多只能輪個二、三次，有時碰到其他班級同學，也許就只能輪一次而已。

這會兒呢，無論是溜滑梯、鞦韆、單槓、鑽龍洞、跳格子……唔哇！全都是她一個人獨佔！

這感覺太好了，只見許月音盪了幾輪鞦韆，立刻轉向溜滑梯；溜了兩、三趟，她又轉去跳格子……雖然有點單調，但許月音玩得不亦樂乎，忽然她看到亮亮的一閃……

她停在跳格子上，四下尋找。這時，透亮物事再一閃，許月音看到了！

跳格子位置比較偏僻，就在鐵絲網、夾鋪著木板的旁邊，她發現的閃亮東西，就是從木板間隙閃出來！

許月音離開跳格子的地方，靠攏近木板，把臉湊近，從木板隙縫望過去。

也是一片荒廢蔓草，她明亮的大眼左、右眨轉一遍，沒任何發現。

當她想放棄時，乍然看到蔓草地上，忽然駛出一臺小小火車頭。

她看得呆住了！

雖然造型不一樣，但她可是記得牢緊喔！

火車頭害她小小心靈受到傷害，她瞪圓雙眼，目光追著火車頭，車頭越過木板，看不到了，她立刻移動身子，轉向下一片木板的隙縫，就這樣一直追下去。

追到底了，而火車頭已不見，她不死心，拼命想找都找不到，最後她跑到最前面那片木板，也就是發現火車頭的第一片木板隙縫，嘿！果然看到了，火車頭靜靜地停在蔓草地上。

歪著頭，許月音笑了……她這才想到，自己很聰明吶！

但是，火車頭為什麼不走了？

是跟她一樣，受到傷害嗎？還是有人阻止它，不讓它走？

許月音換過一個又一個的木板隙縫，想找大一點、視綫清楚的隙縫，以便看得更清楚。

拼命了好一會兒，她只得放棄了。就在這時，她附靠著的隙縫猛然出現一隻好大的黑瞳，黑瞳居然跟她的臉一樣大，由小隙縫裡，她只看得到眼瞳的下半部，旁邊眼白部分，佈滿血絲、還往下流淌著。

「許月音！」

猛然一聲呼喚，宛如雷打中了她幼嫩底心，她嚇一大跳，大喊一聲，同時整個人往後栽倒：「呀哇——」

幸好，她被一隻大手接住，並將她拉起、扶正了。

是竹韻老師。老師拍拍她的背脊：

「不怕！不怕！」

許月音嚇得眼眶貯滿淚水，然後，被竹韻老師罵了一頓：

「不是叫妳等在校門口嗎？妳什麼時候跑到這裡來？」

「我、我……。」

「好了！好了，走吧，奶奶來帶妳，快走吧。」

許月音低頭往校門口走，林竹韻忍不住回頭；再忍不住俯近木板隙縫，看了看，然後一搖頭也開步走向校園門口。

「奶奶！奶奶！」許月音撲入許奶奶懷裡，雖然不會講，可是她心裡感受到無限的溫暖。

許奶奶替她抹一下濕潤的眼眶，奶奶身上還穿著擺攤穿的圍兜，慈祥的笑了：

「又野到哪去了？怎麼不在校門口等奶奶？」

「嗯嗯，去玩一下下啦！」

許奶奶躬身謝過林老師，牽著許月音，離開了。

隔天下課了，林竹韻再次叮嚀小朋友：

「下課要趕快回家，知不知道？不准留在學校操場。昨天林月音小朋友下課時，跑到操場玩耍，害她奶奶找不到人，這樣不行喔，知道嗎？」

老師特意看著許月音，許月音懵懂的跟著小朋友點頭，大喊：知、道！

◧

這一天，時值下課時間，有許多國小小朋友、家長團團圍住許奶奶的攤位，許奶奶忙得不可開交。

等在幼稚園門口的許月音，又必須久等了，她雙腳蠢蠢欲動，最後不耐煩，她又跑回操場玩耍。

她原本是想溜兩次滑梯，鑽一趟龍洞，就到校園門口等奶奶。

就在她鑽了一半的龍洞時，耳中聽到一股聲音：

「軋吱——軋吱——呼噗噗——嗚——」

最後那個聲音，她聽出來了，是火車的響笛，今天的火車聲，特別大聲喔！

她被深深吸引住，判斷出火車聲響方向，迅速鑽出龍洞，跑到左邊木板隙縫，趴上去看。

果然是玩具火車，喔！火車頭，會冒煙？

這更有趣了，她骨碌碌眼睛，眨呀眨的，看到火車拖了三節小車廂，蜿蜒在蔓草地上，向前奔馳。

看得高興了，許月音忍不住發出悅耳笑聲……。

忽然，一顆小男孩的頭，從下往上冒出，就在許月音窺視的木板正前方，四隻眼睛，恰恰對上了。

許月音吃了一驚，差點後退，但小男孩對她善意的笑了，這使她依舊站在原地。

互望了一會，小男孩往後跑到火車貯立處，跪下來，接著他舉起火車，向她炫耀。

「這個火車，是你的喔？」

小男孩用力點頭。

「你要給我火車嗎？」許月音大膽的問。

小男孩搖頭，低頭鎖緊發條，放下火車，火車又開始奔跑起來，還冒出一股灰黑色煙霧。

「奇怪，我看別人的火車都沒有煙，你的怎麼有煙？」

小男孩聳聳肩胛，伸出手，指一下火車，火車車頭的煙霧突然消失，也沒在冒煙了。

「哇！你好厲害！手一指，煙就不見了！是怎麼辦到的？」

小男孩搖頭，得意的笑了。

許月音發現他的嘴巴漆黑一片，既沒有牙齒，也沒看到舌頭。但她的注意力不在此，她又問：

「你叫什麼名字？哪一班？」

小男孩沉靜著。

「我是彩虹大班，我叫許月音。你呢？」

「我……小班，我是……小偉……」

「小班？」許月音歪著頭，她不記得幼稚園有小班。

小偉甩一下頭，遠遠地，許月音看到許多點點物事，紛紛四下掉落，再一細看，赫！是蟲！

「喂！不要這樣，你頭上有蟲吶！」

「胡說、胡說、胡說！騙人！騙人！騙人！」小偉突然發狂似大喊。

「我……我不會騙人啦。對了，你的火車可以借我玩一下嗎？」

「想玩？」

許月音忙點頭不迭。

「嘻！我還有好多玩具喔！」

「真的？哪裡？我看不到呀。」

「是真的。只有我兩個不好玩。明天，找妳好朋友一起來玩。我有好多、好多玩具。」

「我能找誰呢？」許月音攏聚小小眉心。

「黃……曉雲。」小偉說的很扭口，不但嘴巴歪一邊，連整張小臉都變形了。

「哇！你怎麼知道黃曉雲？」許月音吃一驚。

「我每天都聽到妳在叫：黃曉雲、黃曉雲。」

「呃。原來你都聽到了。她跟姐姐一起回家，如果被老師知道了呢？」

許月音話尚未說完，小偉無聲無息，突然撲近前，附在木板另一邊，低聲說：

「我教妳，這樣……這樣……懂嗎？」

許月音點頭，突然她整個人被凌空抓起來，竹韻老師憤然聲音響起：

「叫妳不要到這裡，為什麼不聽話？」

◘

接著幾天，林竹韻特別留心，盡量不讓小朋友靠近鐵絲網木板。

過了幾個禮拜，許奶奶告訴許月音：

「奶奶擺攤的地方，妳知道嗎？會不會走？」許月音點頭。

奶奶擺攤的地方其實很近，出了校門直走，遇到紅綠燈，拐右彎再直走就可以看到了。

不管何時，隨時都會有人買車輪餅，奶奶一個人顧攤，其實也很難走得開。

前幾個禮拜的每一天，她拜託一位老客戶幫忙看攤，她才得以去接許月音。

但總不能天天麻煩人家呀。

「阿音很聰明，記清楚路線嘍？這樣走過來，不到十分鐘，可以嗎？找到奶奶攤位，就給妳一個車輪餅好嗎？」

許月音高興的笑了，故意學奶奶口吻：

「好呀！奶奶的車輪餅最好吃嘍，我會走的啦！放心。」

望著孫女漂亮的臉龐，她聰明又懂事，許奶奶心中喟嘆著：可惜歹命呀！兒子和媳婦離婚，只顧各自的幸福，都不肯容納這個小女孩！

「奶奶！告訴妳一個祕密喔！」

「呀？什麼祕密？還不快說？」

「我……看到了跟強強一樣的火車！」

「是嗎？在哪看到的？」

「學校裡面。不過，長得不太一樣。」

「真的？喏！小心燙。」

許奶奶把烤熟了的車輪餅，戳出一個，用紙包妥遞給許月音。

強強是許月音的新媽媽生的寶寶，已經三歲多了，新媽媽買了會跑的火車給強強，許月音也想玩，新媽媽卻不肯讓她碰，說她會把火車弄壞了。

有一次，許月音偷走火車，躲在小房間玩，新媽媽發現後，打了她一頓。

新媽媽告訴許奶奶，說這孩子有偷竊習慣，難調教，將來更不得了，怕會教壞強強，她不願意跟這樣的孩子生活在一起。

許奶奶當場傻眼，不管怎樣，阿音總是許家的親生骨肉呀！

「阿音也是她媽媽親生的，為什麼不帶她過去？」最後，新媽媽冷冷地丟下話。

許奶奶知道多說無益，便一口承擔下來要阿音跟著她！

只是，她一個失去老伴，又值風燭殘年的老嫗，又能照顧孫女多久？唉……

這天，就快下課了，許月音湊近黃曉雲：

「告訴妳一個祕密！」

「喔？好呀！快說。」

「跟我留在學校裡，好不好？」

「這……這個，等我姊來了再說。」

就這樣，女生的約定，讓兩個小女孩會心一笑。

不久，黃曉芬揹著書包，到了幼稚園教室，聽到黃曉雲的話，她很訝異：

「什麼祕密？必須留在學校裡？」

「我也不知道，要問林月音。」

結果，林月音不肯說，非得等同學都走光了才可以說，黃曉芬為難的猶豫著：

「妳沒早說，我又沒告訴我媽媽，恐怕不行喔。」

林月音現出失望表情，黃曉芬立刻說：

「這樣好了，今天回去我告訴我媽媽，明天跟妳一起留下？」

也只能這樣了，林月音點頭，說約定了，就明天！

「等一下，」黃曉雲忽然想起問道：「不對啊，妳不是跟妳奶奶約好了，下課要去攤子找她？」

「是呀，不過我奶奶很忙，我去了常看到很多人圍在攤子邊，我想晚一點回去也沒關係。」

就這樣，黃曉芬、黃曉雲兩姊妹道過再見後先回去了。

◧

次日，約定的時間快到了，林月音很興奮，因為充滿了希望，臉上發出彩光。

接著，彩虹班的同學一個個下課回去，接著黃曉芬也到了，她一屁股坐到彩虹班裡的座位上。

「曉芬姊姊，不能坐這裡啦！」

「妳不是叫我們留在學校裡？」

「不是這樣的啦，來，我們先出去。」

說著，許月音和黃曉芬、曉雲，向竹韻老師道再見。然後，三個人就往校外走。

「怎回事？耶，許月音，妳為什麼往學校外面去？」

許月音不講話，走出校外，躲在學校圍牆外的一棵樹後，好一會兒，等竹韻老師和其他老師都返身進校園了，她才小心翼翼地拐進學校幼稚園小門，接著偷偷摸摸的越過教室。

跟著許月音鬼鬼祟祟地，黃曉雲覺得很新鮮，黃曉芬年紀比較大，難免感到不可思議……一個比她還小的幼稚園大班生，哪來這些心思？

黃曉芬在教室前停腳，低聲問：

「告訴我，妳到底要做什麼？妳這樣算是欺騙老師啊。」

許月音「噓——」了一聲，指指前面，表示她會講，但要到前面再說。

黃曉芬只好住嘴，跟著往前，來到操場邊。

操場雖然範圍不大，但這時因為都沒有小朋友，所以顯得空曠又冷清。

「不能太大聲，免得被老師聽到。」許月音放低聲音。

「妳趕快說啦。」黃曉芬渾身感到涼涼地，有些不舒服。

許月音又往前，走到操場中央，轉頭望望，確定這裡只有她們三個人，才說：

「是他教我這樣做。」

「誰？」

「小偉！本來約定昨天，可是昨天妳們不能來。」

黃家姊妹對望一眼，疑慮爬上兩張臉，異口同聲道：

「誰是小偉？」

許月音聳聳肩：

「他說，要拿好多玩具給我，叫我約同學一起，晚點回家。」

「什麼啦？他人呢？」黃曉芬四下張望。

這時，空曠操場，沒來由颳起陣陣涼風，不冷但令人渾身都起雞皮疙瘩。黃曉芬兩手互抱著雙臂，替臂膀舒了舒：

「到底要拿什麼東東啦？我想回家了！」

「姊，都來了，就等一下下嘛！」

「對啦！等一下妳們會大吃一驚，你們看過會噴煙的玩具火車嗎？」

說著，許月音往左，走近發現小偉的木板前，湊近隙縫看，黃曉芬、黃曉雲見狀，也跟著湊近隙縫看。

對面一片荒煙蔓草、清冷極了。

黃曉芬道：「哪裡有火車？我沒看到呀！」

她話才說完，突然，身後傳來高亢、怪異聲響，黃曉芬和妹妹都嚇一大跳，雙雙往後望，同時栽倒。

她兩人乍然看到一具直立著的小骷髏，可是只是剎那間，連眼皮都來不及眨一下，瞬間又看到一個小男孩站立著。

只有許月音鎮定的回過頭，小偉就在她們後面，相距三公尺左右的溜滑梯邊。

許月音上前，兩手各拉著黃曉芬、黃曉雲，幫她倆站立起來，嘻笑著：

「小偉！看你多可怕，讓曉芬姐姐嚇一跳！」

■

因為剛剛一閃的眼神誤差，讓黃曉芬姊妹特別注意小偉，同時跟他保持著距離。

「小偉，你怎麼過來這邊了？」許月音上前，打量著小偉：「沒看到你的玩具呀？」

呵呵……當然，我讓你們看到，你們才看得到嘛。

「快點，你的火車呢？還有許多好玩的玩具呢？」許月音迫不及待的四下尋找。

黃曉芬咋咋嘴，不敢亂動，黃曉雲則緊緊拉住姊姊的手，也許她感染到姐姐的恐懼感。

「過來，過來呀。」小偉向兩姊妹招手。

許月音轉頭，揚聲道：

「趕快過來，看看小偉的玩具。」

就在這時，小偉神容緊張，猛招手，說：

「快！有人來了。」

三個女生一齊左右轉頭，可是沒看到半個人影。小偉先躲到溜滑梯底下，許月音也跟著過去跟小偉躲在一起，還猛向黃家姊妹比手畫腳，要她們快點躲起來。

黃曉芬牽著妹妹，跑向龍洞，因為龍洞前半截是繩子綁住圈圈，中間是空的，後半截有帆布包裹著。

黃曉芬和黃曉雲直接鑽入龍洞後半截，緊張的躲入帆布內。

才剛躲好，就聽到竹韻老師的聲音：

「嗯？沒有呀，沒看到小朋友耶。」

另一位老師細細聲音回道：

「奇怪？我剛才明明聽到小朋友的聲音。」

「妳聽錯了吧。小朋友都下課回去了，走吧。」

接著一陣沉寂……小偉先出現，揚聲喊叫後，黃曉芬和妹妹這才鑽出來。

許月音拍著手，笑著：

「哇！小偉好厲害，居然知道老師會來。」

小偉得意的笑了，這時陣陣寒風襲來，樹枝上的秋葉，飄落到操場上，隨風翻滾，看來就是淒冷、寒涼。

「快啦！你的玩具呢？火車呢？」許月音轉向小偉，逼問著。

黃曉芬因為冷，有點顫抖，她上前拉住許月音的手，低聲道：

「我們不應該在這裡，我們老師說過，這裡有鬼！」

許月音尚未回話，前面的小偉讀突然回過頭，臉色猙獰地：

不是鬼？是小精靈！

黃曉芬一時語塞，小精靈和鬼，她也分不清呀。

小偉走到一棵槐樹背後，一會兒又走出來，只見他一手抱著玩具火車、一手抱住一座小型摩天輪。

許月音看了高興的跳起來，迎上前，連忙接過玩具火車，端詳、把玩。

黃曉芬面無表情的看著，不發一語，小偉向她倆姊妹道：

耶，還有，去樹後面看，還有玩具。

聞言，黃曉雲當先走到槐樹背後，一會兒，像發現新大陸似的叫道：

「哇！姐姐，趕快過來看，有妳喜歡的娃娃穿衣服。」

黃曉芬忙過去，好多玩具，有一部小小溜滑梯、一個小型盪鞦韆，作工精細，還可以推盪開來。

黃曉芬最喜歡那一盒芭比娃娃，裡面疊著芭比的衣服、帽子、手提袋……就這樣，三個女生，外加一位小男孩，各有所好，四個人玩得興高采烈不亦樂乎。

玩得高興了，黃曉芬忘記害怕，問小偉：「你念哪一班？」

林月音替小偉回：「他念小班啦！」

■

黃曉芬原本就天天來帶黃曉雲一起下課，自從遇到小偉之後，她兩姊妹和許月音，就幾乎天天都留到最後。

竹韻老師忍不住問黃曉芬：

「耶，妳們都這麼晚回家，沒關係嗎？」

黃曉芬不知該怎麼回，一旁的林月音接口說：

「老師，她們陪我去找我奶奶。」

「喔，這麼好。下課了，怎麼還不走？」竹韻老師又問。

「老師，這個時候，我奶奶忙著做生意，我早回去了，奶奶還嫌我太早呢。老師，我們可以在學校多待一下下嗎？」

「可以，可以。妳們可以看書、寫作業。」林竹韻點頭說：「不過，也不要太晚回去。」

「嗯！知道了。謝謝老師。」

說著，許月音瞟一眼黃曉芬，兩人會心一笑。黃曉芬開口問：

「老師，我們幼稚園有小班嗎？我找不到小班的教室吶！」

竹韻老師愣了一會兒，緩緩搖頭：

「以前有唷。但是幾年前，取消小班的招生，因為老師忙不過來。」

說完，老師就忙她的去了。她們三個女生玩自己的，一面嘰嘰喳喳的談話，話題都跟小偉有關。

「許月音，你剛剛怎麼會跟老師說，不要太早回去找奶奶？」

許月音「嗤！」笑了：

「呵呵……很早之前，小偉就教我跟老師這樣講。」

「他這麼小，就這麼厲害呀？為什麼要教妳這樣說？」

「他說我們都玩得很開心，就怕哪一天，老師知道了會不讓我們一起玩。」

有道理，黃曉芬點點頭，心裡更欽佩小偉。

◧

這樣過了一個禮拜之後，一天，大約快七點了，黃媽媽跑到學校來找老師，問說她家兩個女兒都沒有回去，是不是還留在學校？

其實，之前黃媽媽就打過幾次電話到學校，詢問過孩子的事，但後來黃曉芬姊妹都沒多久就回家，所以也就沒再追究。但今天實在太晚了，黃媽媽只好直接到學校來。

林竹韻聽了，慌了手腳，兩個小女生沒回家？那可嚴重了。

不過，她忽然想起來，她們也許是留在許奶奶攤位上，便領著黃媽媽，去找許奶奶。

此時許奶奶正在準備收攤，還在數錢。

許奶奶說，許月音還沒回家。可是許奶奶看起來一點都不慌張，林竹韻探問之下，許奶奶才說，有時候許月音回到攤位，會告訴她一聲，說要去找同學。

林竹韻問她去找哪位同學？許奶奶並不知道，她說：

「阿音聰明又乖巧。看到我忙，她怕吵我，常會去找同學，不過晚一點一定會回家。」

「老師，要不要報警？」黃媽媽急切問。

「先不要，我們再回學校去找找看。」

於是，兩人回到學校去找二年級黃曉芬班上的老師，也沒有結果。

接著，幾位老師幫忙，到各間教室找了一遍，都沒結果，正在討論要不要報警時，竹韻老師忽然想起，說：

「先不要報警，我想到一個地方找找看。不好意思，麻煩各位老師。如果再找不到，我會去找警察，謝謝。」

黃媽媽主動跟著林竹韻，往幼稚園校區而來。

「咦？這裡不是已找過了？」黃媽媽滿臉焦急問。

「操場。我們去操場看看。」

這時候，天色暗了，由教室看向操場，烏黑一片。一般說來，小朋友都怕黑，哪可能會待在暗濛濛的操場上？

推開教室的門，黃媽媽心中的焦躁，有增無減，她更擔憂了……

◧

黃媽媽想錯了，藉著天光、附近各式霓虹燈的反映，操場還有些許的亮度，依稀可辨各種遊樂設施。

只是，空曠的操場有一股寒氣。

林竹韻和黃媽媽看到遠遠的、靠近跳格子那個地方，驀地颳起一陣旋風，幾張紙屑、雜物跟著滴溜溜的打轉。

好一陣子，旋風才逐漸停止，兩人往前走，睜大眼尋覓著。

其實，操場範圍就這麼大，放眼一目瞭然，但兩人還是繞過鞦韆、搖搖椅、鑽龍洞、吊單槓……怪的是，林竹韻始終沒有走近圍起來的木板邊緣，她蹙緊眉心搖頭，說：

「不在這裡。」

黃媽媽整顆心直直往下落，但還是不肯死心，語氣低沉地：

「既然都來了，找仔細一點總是好的。那邊呢？那邊沒有找。」

說著，她抬腳往圍住的木板走過去。

林竹韻停住腳步，臉色微變，伸手想阻止，黃媽媽突然回頭，問道：

「木板那邊呢？那裡不是操場嗎？」

林竹韻忙放下手，露出不自然的強笑，搖頭：

「不是，那裡……沒什麼。」

這會兒，兩個人之間拉長了距離，雖然林竹韻這樣講但黃媽媽還是繼續往前走。

林竹韻正想開口叫黃媽媽回來時，黃媽媽忽然驚呼道：

「老師！快點過來！妳看看！」

林竹韻心口一跳，踟躕一會，抬起無奈腳步走過去。

溜滑梯再過去是跳格子，跳格子再過去，當中有點小距離的旁邊，就是鐵絲網上的木板。

林竹韻不抱希望，踏著緩慢步伐，也緩然問：

「找到人了嗎？」

「不，妳看看！」

等林竹韻走近，黃媽媽指著跳格子範圍。

跳格子上半部就是剛剛颳起旋風之處，它的下半部，剛好被溜滑梯遮住，地上堆放許多玩具，有一部小型溜滑梯、一小座摩天輪、一個小盪鞦韆、一台火車，一箱打開了的芭比娃娃……這些玩具全都沾滿泥巴，骯髒而殘敗、有的傾斜、歪倒、支離破碎……

「我的天！這……這是什麼？孩子的玩具？」黃媽媽搶上前一步，蹲下去撿視，又立刻轉望林竹韻：「不會吧？學校給小朋友玩的玩具，長這樣？」

「不，不，怎可能！不是……」林竹韻臉都綠了，慌措的搖手。

黃媽媽憤然起身，衝出操場，一面揚聲道：

「不行！我得去報警！」

「黃媽媽！不要，不是這樣的啦！」

林竹韻跟著追上去，一面跑腦海一面想：

「那、那些破敗玩具，誰放在那裡的？怎可能發生這樣的事？」

可能因為思緒混亂影響了速度，所以黃媽媽比林竹韻早一步跑出校門外。

林竹韻左思右想，愈想愈不對勁，既然追不上，她遂捨棄追黃媽媽，反身站定，就在這時，忽傳來陣陣孩童的嬉笑聲音。

心中升起個大問號，林竹韻已顧不得什麼擔心害怕，她反身越過教室，奔向操場想去確認。

這個，攸關校譽呀！

■

聲音從溜滑梯附近傳來，跑近了，林竹韻站在溜滑梯旁，這裡可以看到跳格子的下半部，她目瞪口呆，一副愕然！

剛剛，分明充滿骯髒、破敗玩具的跳格子地上，這時三位灰頭土臉的小朋友，分別落坐在四周。

黃曉芬在替芭比娃娃穿衣裳，口中喃喃低語，就像溫柔的媽媽照顧小寶。

許月音在玩小火車，細碎的笑聲，依稀可以聽到她說的話：

「呵呵呵……強強有火車，新媽媽不給我玩，我自己也有，呵呵呵……」

黃曉雲替摩天輪打著轉，同時也高興地哈哈大笑。

顫抖著上下唇，林竹韻扯開喉嚨，正欲出聲……發現，另一邊圍住鐵絲和木板的隙縫，鑽出一個孩童小骷髏，它的頭上、手上捧著的，是一堆蠕蠕晃動的東西，仔細一望，都是蛆蟲、蚯蚓、螞蟻、蟑螂，各種叫不出名稱的蟲類，鑽滿骷髏上下，連骷髏頭都紛紛掉下大蟲、小蟲……

林竹韻大驚愣住，全身神經都繃緊。

——來唷，來吃點心嘍。

小骷髏喊著，伸出手，把手上的蛆蟲、蚯蚓，依序遞出給三位小女生，女生伸手去接，接過來，馬上丟入嘴裡大口咀嚼。

林竹韻當場嚇壞了，揚聲驚吼。

三個女生，加上小骷髏，四個小孩童同時轉望過來。

林竹韻發現他們四個孩童，臉孔都同一個模樣，深陷的眼窩沒有眼瞳、下巴只看到森森牙齒，臉上露出詭誕笑容……

「呀！老師……來……了。」

——老師……來唷，跟我們一起，快呀，找老師一起玩……

小骷髏開口，指揮著另三個女生，四個人緩緩起身，一齊向林竹韻走過來。

林竹韻心驚膽戰，轉身就跑，但跑不到幾步，被操場的設施絆倒，趴在地。後面孩童追上來，有的抓住林竹韻手、腳；有的蹦跳到她背脊上。

「走開！放開我！」林竹韻大叫：「黃曉雲、許月音！我是老師啊！」

孩童們根本沒人聽她的，照舊嘻嘻哈哈：

——餵老師吃點心。

「對！對！點心好吃喔！」

「不要，放開老師！聽話！我是林老師！」林竹韻一再重申自己身分，希望孩子們記得她。

從左邊蹲下來，林月音抓一把蟲、蚯蚓，塞進張口說話的林竹韻的嘴裡，林竹韻不從，慌得甩頭，把嘴裡蠕蠕而動的蟲吐出，不過還是有幾隻，在她嘴裡腮邊、舌頭蠢動不止。

照說，小朋友力道不大，林竹韻可以甩開她們，但此時不知她們哪來的力量，居然使林竹韻無法動彈。

林竹韻頭轉右邊，赫然發現小骷髏蹲著。

喘著大氣，林竹韻鼓起勇氣，喊道：

「小、小朋友，快，叫她們放開老師。」

——林老師，妳不認得我嘍？

小骷髏兩排森然白牙，上下開合：

——我是小偉！小班的小偉啊！

「小、小偉，放開老師……。」

——不要！我好可憐，妳們都不理我！沒人跟我玩！

「小……小偉，沒人害你，是你不小心，自己、自己摔下溜滑梯……。」

——是你、是你們不理我，我才摔下去的！你們不讓小朋友跟我玩！

小偉突然大喊，上下兩排牙齒，喀喀喀，不斷發出怪聲。

接著，小偉雙手捧著滿滿的蚯蚓、蟑螂，螞蟻，倒往林竹韻嘴裡。她想躲，以致於嘴裡、眼裡、臉上、耳朵、頸脖，到處充斥著蠕動的蟲蟻。

激烈恐怖，加上噁心驅使下，林竹韻昏厥了過去。

■

原來，之前的幼稚園外面操場，包括隔壁那塊空地，念小班的小偉在玩溜滑梯，不小心摔下來意外死亡。

小偉家人非常傷心，用許多他心愛的玩具陪葬、祭拜，芭比娃娃就是小偉姐姐燒送給他的。後來，過度傷心之下，家人舉家搬遷。小偉找不到爸媽、姐姐後，開始常常出現在操場找玩伴。

據說，曾有小朋友看到它。老師也有看過，因此校方圍起一道鐵絲，又為了安全，加裝木板，還明令小朋友、老師，絕對要禁止越過界線，並交代老師要多多注意小朋友的安全。

後來，黃媽媽和許奶奶找到了孩子，聽孩子說出遇到小偉、跟小偉玩。許月音還說，小偉知道她新媽媽打她，就邀她去它的世界，說那裡很好，不會被欺負。

過不了多久，黃曉芬、黃曉雲，和許月音就陸續轉校了。

第九帖

太平間教學試膽

1

馮太翔說，他是逃兵！醫學系的逃兵。因為他讀到半途，辦理退學，轉系念『生化與生物科技學系』，為了轉系，他還跟家裡鬧大革命，最後不得不說出理由，家人這才諒解他。所以當筆者問他時，他一個字都不肯透漏，因此本段是由馮媽媽轉述的。

■

曾維新跟指導教授討論了些事，所以耽誤了一個多小時，討論結束，他匆匆用過晚餐，就轉向太平間。比預計時間晚了將近兩個小時。

一踏入太平間，曾維新呆愣了幾秒……

即使心裡有疑問，曾維新還是不假多想，他落座到桌前，看著桌上文件。

兩份文件，上面是亡者清楚的身家紀錄，包括死亡原因。

原來是一對情侶，不知道是因為家人反對？或是什麼原因，在汽車旅館內自殺。

看完資料，曾維新到處尋找一遍、桌子底下、抽屜、地上……全都沒有？

記得教授跟他提過，有些狀況尚未釐清，還要等法醫來鑑定，所以大體並未送進冰櫃。

把資料放回桌子角落，曾維新打量著推床上，被蓋住白布的大體。

白布順著大體，呈現凹凹凸凸模樣，尤其是脖子處，白布很明顯有凹陷痕跡。

忽然，脖子處的白布，上上、下下，輕而緩地浮動著。

曾維新心口大震，猛吸口氣，再聚精會神地盯住白布。好一會，沒有動靜，他才舒了口氣。

暗笑自己是怎麼了？何時後變得這麼膽小？

上解剖學，見識過多少動物，包括青蛙、人體，解剖台上，都是血淋淋的場面，早已見怪不怪，已經麻痺了，還有什麼好怕？

翻開自己帶來的書，裡面夾著一張紙條，記著授課教授教導他們的重點：

「唯物論，不管什麼狀態，證據，才是唯一可靠的。反之，沒有證據之事，一切都是空談。」

所以，人亡故，或是任何動物亡故了，只剩下肉體，其他靈魂、鬼啦云云……，看不到、沒有依據，因此不可信，這些鬼怪之論只是用來嚇唬人的。

看了一遍字條，曾維新給夾進另一頁，開始看書。

「嘰——」

小而清晰的聲音，傳入曾維新耳朵，他抬眼掃著周遭，沒有任何動靜。

想也知道，此處只有他，他正靜靜的看書，哪可能會有……

「喀！」

好大聲響，沒辦法假裝聽不見吧！循聲望去，是推床。離他最近這張推床的車輪發出的聲響。

曾維新隨意看一眼，又埋頭去看書。

學長告訴過他，待在太平間，要是聽到什麼聲響，都不必理會。因為裡面冷氣超強，有可能是馬達運轉發出聲音，或者是冰櫃、推床，機械東西遇到極冷、極熱，會有熱漲冷縮現象，發出輕微聲響都很正常。

「軋！」

曾維新忍不住要追聲音來處，他發現，又是這張推床發出的。

他循推床角架網上看……沒看到什麼。曾維新準備收回眼之際，突如其來的，推床上的白布乍動！緊接著，該是頭部的白布，頓然轉向右邊，在下一秒，白布蓋住的大體，整個坐起來！

曾維新手一鬆，書本掉到桌上，發出沉重響音，在此同時，蓋緊白布的頭，居然轉望過來。好像這具已經亡故了的大體，依然有聽覺！

◧

曾維新站起身，靠緊桌邊牆角，雙眼瞪得奇大，死死盯住它。白布覆蓋下，依稀可以看出它的輪廓。

曾維新腦海中風起雲湧，百千個思緒，不住撞擊著他：發生屍變？它變成殭屍？還是死人復活？

曾聽過這類說法，死者經過幾個鐘頭後，忽然又恢復心跳，活了過來！如果是這樣，它怎能乖乖坐在推床上，它不會不舒服嗎？發出叫聲？或……

資料！資料！

曾維新伸長手，想撈桌角上資料，想看內容，想了解它。

手伸一半，它動了，在曾維新眼皮子底下它跨出腳，一隻、兩隻腳著地後，它站直了，向曾維新移過來……

思緒混亂的交織著：遇到殭屍，要閉氣。遇到鬼，要跑。遇到它……要怎辦呀？

曾維新一下子閉氣；一下子又大口吸氣，因為一旦緊張之下，氣閉不久的。

它，依然一步、一緩的逼近來。曾維新想起『陰屍路』看過的影集，一跑，二躲，三抓棍棒K它。

可是手中沒有武器啊！

慌措間，他蹲身躲入桌子底下，以為這裡比較安全，他由桌子隙縫偷望，它依舊移過來。

而且，方才掃了一眼室內，沒有武器，連根棍棒都沒有。

它一步一步靠近過來，曾維新無路可退，唯一路徑就是從桌子另一邊鑽出去，才有機會跑出太平間。問題是這張桌子的底下另一面，並非空的，是一整片鐵製板，所以，他只能困死在桌子底下。

太平間的溫度超冷，可是曾維新卻渾身狂冒冷汗，完全無計可施。最後，曾維新想到，剛剛應該趁早跑出桌子，也許還有機會逃生。現在，它已經走近了，想跑只怕有困難！

曾維新抓緊自己胸口，大口喘氣，愈怕愈感到氣喘不上來，緊接著，胸口一陣絞痛，痛得快無法呼吸了。

他臉色煞白，從桌底下探出頭，卻對上了它！

原來，不知何時，它已走到桌子旁，最恐怖的是它依然披著白布，就因為看不到它的真面目，更引發無限想像空間。

曾維新想喊、想吼，叫它走開，叫它……但是反想，死人會聽話嗎？聽得懂人話嗎？聲音卡在喉嚨裡，曾維新看到它逐漸彎身、俯低，同時伸出兩隻手，手上十根銳利長指甲，在慘澹燈光下，看來陰森、而詭異。

曾維新抖索著上下唇，可是依然發不出聲音，只有腦海中不斷浮起：走、走開，快走開……

它更往前傾，十根長指甲更逼近曾維新，曾維新有瞬間的頭暈腦脹，而這時，胸口絞痛頓然加劇，如海嘯般瞬間淹沒他整顆心臟、也淹沒了他整個人，他頹然捲縮著。

突然，白布整個被拉扯下來，露出真面目，低笑道：

「呵呵……戲演完了，果然被我嚇到了吧？喂！曾維新，起來！」

曾維新雙手揑緊胸口，沒有動靜。

「耶，我說戲演完了，你可以起來了沒聽到嗎？我是馮太翔啦！」

又過了數分鐘，一切依然，馮太翔調皮的踢了踢曾維新，原本捲縮著的曾維新，應踢而倒……

曾維新這一倒下，就再也沒有醒過來。

當時，馮太翔發現不對勁，立刻施以急救，接著背著他奔往『急診室』，醫生搶救了一個鐘頭，還動用電擊，可惜還是回天乏術。

馮太翔呆站在急診處，知悉曾維新亡故後嘶聲嚎哭，大罵曾維新是蠢蛋！因為學校明明安排了兩具大體，他竟然沒發現為何多了一具？為什麼不確認一下？

校方對於因調皮，導致學生發生亡故的意外，當然給予嚴厲處分，警方也調他去問了幾次話，他數度到曾家道歉、捻香，卻得不到曾家人的諒解。

最近他都睡不著、茶飯不思，懊悔、自責濃烈衝擊著他。因此他辦理休學，在家閉門思過。

■

一天晚上，將近十點左右，馮太翔坐在書桌前發呆。忽然一聲輕「喀！」響起，他聽到但沒理會，聲音響起第五次，他才醒悟似轉頭望去。

他的房間有個小陽臺，跟書桌前的窗戶，同個方向，聲音就從陽臺傳來，這時，陽臺的布簾拉上，他看一眼，正欲轉回眼時，卻被布簾底下的一雙布鞋吸引。

先是一愣，繼而回想，馮太翔驀地整個人臉色煞白！黑底布鞋的兩邊，各有一撇白色條紋，這是曾維新最喜歡的布鞋款式，也是他亡故時，穿在腳上的鞋子！

布鞋左右各走一回，最後停在落地玻璃窗開口處停頓住！

馮太翔打心底湧起劇烈的恐懼，他渾身無法動彈，一雙眼睛跟著布鞋，靜止著。不知道過了多久，布鞋又往右走，馮太翔的眼神跟著右移；一會往左移。接著布鞋停在落地玻璃開口處，忽然，布鞋鞋尖踢著玻璃框，雖然很輕，但在馮太翔心目中，宛如千金槌，聲聲撞擊著他的心臟！

他知道要趕快走、趕快離開房間，不然，大聲喊家人也行，可是，根本無法動彈，只是冷汗淋漓，幾乎都快把他淹斃了。

不曉得為什麼，他就是知道，它，想進來！

忽然，鞋尖停止了敲踢，馮太翔感到要鬆口氣時，落地玻璃門突然劇烈的發出：

「悾、咚！悾、咚！」

天呀！它要打開落地玻璃門，它果然就要進來了！

馮太翔想起身，哪知腿一軟，人跟座椅整個歪倒在地，發出巨響。

接著，他的房門被打開來，馮媽媽跑進來，見狀既驚訝又不捨，馮太翔指著陽臺外，聲淚俱下的啞聲喊著：

「它啦！它在外面，它要抓我啦！」

馮媽媽打開陽臺、打開燈，檢查陽臺，這裡可是在第十七層樓呢，她不斷安撫兒子說：什麼都沒有，不要亂想。

這時，馮媽媽和馮太翔才想到，今天是曾維新去世的頭七呀！

接下來，馮媽媽少不得帶兒子，到處拜神、求菩薩，希望兒子能平安度過這劫難。

馮媽媽一再強調，馮太翔不是有意害死同學，他只是太調皮，雖然是這樣，終究難咎其辭！

可能因為心裡壓力，導致馮太翔無法繼續課業，他說休息一陣子，轉系之後，他就能過平常的日子了。不過，他強調，再也不敢隨意作弄人。

2

蘇月琴是醫學系三年級生。

其實醫學系其他班也有女生就讀，蘇月琴班上，她是唯一的女生，算是稀有動物。

雖然性別有異，教授卻都一視同仁，該上的課業、該嚴峻的考驗，一點都不能馬虎。

這天，要上解剖學，這次的解剖學，不是普通動物類，而是人類大體，同學們全都摩拳擦掌。

班上分成幾個小組，蘇月琴被編入高柏松這組，高柏松為人不拘小節，喜歡說笑，好相處，是班上出了名的甘草人物。

高柏松這組共有八位同學，上課鐘還沒響，八位同學已先後進入解剖教室，裡面冷氣有點強，還得換穿手術服，蘇月琴在換衣服時，忍不住打了個寒顫。

高柏松是第一位換妥手術服，他進入冷颼颼的解剖教室，一眼看到解剖台上直挺挺地躺著一具大體。

他吞嚥一口口水，告訴自己：別怕，解剖人體，跟解剖青蛙還不是一樣。

一面想，他一面移步向解剖台。

其實，應該要等教授到達，才由冰櫃推出大體，今天不知道為何，有可能是教授授意，因為好幾組，怕時間上不夠。總之，高柏松就是看到解剖台有大體，想先看看，或許他有意測試自己的膽量吧？

移近解剖台時，另一位陳姓同學跟在他後面走過來。

高柏松手癢，伸出手掀開深灰色塑膠布一角，入目之下大訝一聲後，放開塑膠布，塑膠布正要覆蓋上去，身後的陳姓同學好奇之下，眼明手快的拉住塑膠布。

他只是好奇的想看，詎料不知道怎麼搞的，整塊布居然滑了下來。

瞬間，台上大體整個曝露了！

原來是一名上了年紀的女性，可能因為是女的，才讓高柏松訝異吧？

這時，八人小組已陸續進來，有人七手八腳想把布再覆蓋上去，也有人說，不必了啦，反正教授快來了，就這樣吧。

因此之故，一組人圍繞住、盯著大體，低聲在研究，猜測教授會從哪下刀？

蘇月琴站在大體頭部，可能因為冷？也可能因為是第一次，所以她整張臉縮皺得小了一號也蒼白一片，神情則是兢兢業業。

正當大家在討論時，突然蘇月琴尖銳地叫了一長聲，整個人蹬、蹬、蹬往後退了好幾步，差點摔的倒栽蔥。

同學都被嚇的心臟多跳了幾下，有人扶住蘇月琴問她怎麼了？

「她、她⋯她⋯⋯嘴巴在動！她⋯⋯」

「真的？有人看到嗎？」其中一人問大家。

同學們都搖頭，有的上前檢視大體。

「是真的！我沒有看錯！我真的看到她張嘴了⋯⋯」蘇月琴整個人跟手都顫抖不停。

同學們揣測疑惑之際，唯獨高柏松站在大體足部，偷笑。陳同學發現了，立刻出聲質問他：

「高柏松，是不是你搞什麼把戲？」

「我沒有搞什麼把戲。來，來，你們看。」

同學們都湊近前，看到大體的腳後根，直到腳掌，整個被削掉，小腿皮開肉綻，露出暗紅色爛肉、墨綠色血管、還有白色小腿骨。

接著，高柏松一手按住大體膝蓋，一手撥開小腿肉，拉著一條腿筋……。

呃！大體的嘴巴，隨著腿筋被拉，就張一次口；再拉，再張口。

「你們忘了？腿部這一條神經直通臉部，這條神經可以控制臉顏。」

幾位同學知道，也記得的紛紛點頭同意。

雖然疑問已解，但蘇月琴被嚇一大跳，所以狠狠地瞪住高柏松。

◧

陳同學發現一件怪事，就是自從上過解剖課之後，本來擁有好人緣的高柏松，變得孤單了，以前喜歡跟他哈拉的許多同學，也似乎很少再跟他談天說地。

當然，高柏松自己完全渾然不覺。

一天晚昏，陳同學走在校園時看到前方高柏松的背影，轉入右邊走廊。

同學看到了，連忙趕上一步，想把他的發現告訴高柏松。

走廊相當陰暗，斜照的無力光線由廊外的椰子樹，稀疏穿進來。有一道光線，剛好照到高柏松的腳部。

陳同學意外發現，該是穿著布鞋的腳不見了，他的後腳根，由小腿下方約三分之一處以下，鮮血淋漓。

「哇！呀！」

驚聲大叫中，陳同學跑向前，在此同時高柏松也被他的吼聲嚇一跳，站住腳回過身。

「是你？怎麼了？」高柏松問道。

「你、你的腳？怎樣受傷了？」

陳同學朝高柏松上下打量、還叫他轉身檢視他後腿、腳部。

「你幹嘛？」

「我剛剛看到你的後腳小腿受傷，流血，怎麼沒了？」

「你見鬼了，我何時受傷？你看錯了吧？」

好像真的看錯了，此刻的高柏松，看起來正常得很！

「呃呃，是我看錯了。」

陳同學點頭承認，居然忘記要跟他說什麼話。高柏松淡漠的轉身，繼續朝前而去。

在他走到半間教室的長度時，陳同學突然看到高柏松頭頂上方有一團黑影！

隨著高柏松走路一起、一伏，黑影也上上、下下浮動，浮動著的同時，逐漸清晰。

照說天色都黑了，前面的人以及黑影，應該會更模糊才對，可是黑影卻愈變愈清晰。

是一張蒼白，沒有血色、上了年紀的女人臉，直勾勾死盯住陳同學。陳同學感到這張女人臉，很眼熟，她沒有下半部，脖子以下只是一團大約輪廓。

陳同學張著嘴巴，卻喊不出聲音，其實，說真的他駭怕得不敢出聲，只能眼睜睜看著高柏松往前繼續走。

不知道隔了多久，陳同學才如夢初醒，轉身開跑。

一面跑，陳同學一面想起，解剖教室不是就在前面嗎？這時間點，應該沒有人去上解剖課吧？那高柏松去那裡幹嘛？

可能因為分心，陳同學跟一位急匆匆走過來的人，相撞了。

「呀！對不起！對不起！」再一細看，陳同學吃了一驚：「咦？怎麼是妳？」是班上唯一的女生——蘇月琴。

蘇月琴黯青黑色的臉無表情，微微一頷首，繼續往前。

「耶，妳去哪？這麼晚了……」陳同學轉過身，對著蘇月琴後面喊著。但蘇月琴都沒理會，依舊自顧走她的。陳同學覺得奇怪，想想，決定跟著她走。

■

怪了！蘇月琴走的路徑，跟高柏松一樣，解剖教室地處於校內角落，算是比較安靜地段。

陳同學以為她要去解剖教室，那應該會遇到高柏松吧？豈知，解剖教室裡一片黑暗，這表示裡面沒有人，陳同學眼睛望前，看到蘇月琴繼續往前。

這更不對了！

再往前路段更偏僻，除了幾窪草圃、幾株單調的樹木，幾乎沒有其他建築物，只有一棟太平間呀。

陳同學相當猶豫，到底要不要跟上去？

思考了好一會，蘇月琴背影已經消失了，他終於決定跟上去偷看！

這會兒，天色完全暗濛了，暗黑草圃、以及婆娑樹影，似乎隨時躲藏著什麼怪物般可怕，但陳同學全無感，他一心只疑惑到底高柏松和蘇月琴在搞啥花樣？

就算要約會，也不必選在這個地段、這個時間點呀？

還有，很巧這時的太平間，居然沒有人看守？有可能是看守員去用餐了吧。

太平間裡面有燈光，陳同學知道屋後有暗巷可以通，屋後是清洗大體的地方，他繞到後面，再悄悄潛入大廳。

所謂大廳，指的是那排冰櫃，以及置放推床的地方，有時候推床上會有未清洗的大體，如果清洗過了，大體通常會被放進冰櫃去。

通道裡沒有燈光，正適合躲藏，陳同學就躲在通道暗處，睜眼望去。

高柏松、蘇月琴分別站在一張推床兩邊，推床上躺著一具大體。

如果真的是大體，應該不會動吧？

陳同學倏忽一眨眼，推床上的大體突然坐了起來！

他整顆心臟，頓如擊鼓，急速蹦跳，因為，他看到大體，赫然是剛才凝聚在高柏松頭頂上的女人，也正是那天，他們上解剖學的那位上了年紀的女子大體！

——嘰嘰啾啾

「嘻嘻呵呵……」蘇月琴的聲音，但她說些什麼？聽不清楚。

「呼呼……嘿嘿……」是高柏松，但也聽不清他在說什麼。

忽然，大體女人伸手，指向陰暗通道上的陳同學。剎那間，高柏松和蘇月琴雙雙轉頭望過來。

陳同學心臟差點停止跳動，他看到高柏松和蘇月琴的眼窩，沒有眼白、沒有眼瞳，只是兩顆黑洞。

不知道大體女人又說了什麼，高柏松和蘇月琴一齊走向陳同學，陳同學轉身想逃，詎料，他們的手像鋼繩攫住他，還力大無窮的把他架向推床。

這時，推床是空的，大體女人已下床來，把陳同學擺放在推床上，還用繩索把他綁死。

他想喊，不斷叫出兩位同學名字，可是兩位同學好像不認識他，全憑那女人指揮。

高柏松拿了一把解剖刀，刀鋒在燈光下，銳利、可怕的閃閃亮光，然後刀子逼近陳同學眼窩，驀地刺下……

「哇——救命——」

■

嘶聲驚嚎中，陳同學全身都溼透了，接著他被人搖醒過來！

講台上的教授、周遭附近的同學，全都一致看著他！

唔哇！是一場夢？

一旁的高柏松俯近他，低聲到：

「我聽到你剛才一直在叫我和蘇月琴的名字，作了什麼春夢嗎？」

陳同學嫌惡的退離開高柏松，皺緊眉頭，一面擦汗。

「我們課程很沉重，但是不要太累了。同學們，上課了。」

講台上教授不高不低的說，同學們紛紛轉向講台，教授繼續講解課業。

陳同學餘悸猶存，看一眼高柏松、蘇月琴，想說，等一下下課時，要不要告訴他們，他逼真的夢境？

—— End ——

永續圖書線上購物網
讀品文化事業有限公司

WWW.foreverbooks.com.tw
yungjiuh@ms45.hinet.net

鬼物語系列 22

見鬼之校園鬼話5

作　　者　汎遇
出 版 者　讀品文化事業有限公司
執行編輯　林秀如
美術編輯　林鈺恆
內文排版　姚恩涵

總 經 銷　永續圖書有限公司
TEL／(02)86473663
FAX／(02)86473660
劃撥帳號　18669219
地　　址　22103 新北市汐止區大同路三段 194 號 9 樓之 1
TEL／(02)86473663
FAX／(02)86473660
出 版 日　2020年02月

法律顧問　方圓法律事務所　涂成樞律師
CVS代理　美璟文化有限公司
TEL／(02)27239968
FAX／(02)27239668

國家圖書館出版品預行編目資料

見鬼之校園鬼話. 5 / 汎遇著. -- 初版.
-- 新北市 : 讀品文化, 民109.02
面 ; 公分. -- (鬼物語 ; 22)
ISBN 978-986-453-114-1(平裝)

863.57　108021786

▶ 見鬼之校園鬼話5

（讀品讀者回函卡）

■ 謝謝您購買本書，請詳細填寫本卡各欄後寄回，我們每月將抽選一百名回函讀者寄出精美禮物，並享有生日當月購書優惠！
想知道更多更即時的消息，請搜尋"永續圖書粉絲團"

■ 您也可以使用傳真或是掃描圖檔寄回公司信箱，謝謝。

傳真電話：（02）8647-3660　　信箱：yungjiuh@ms45.hinet.net

◆ 姓名：　　□男　□女　　□單身　□已婚

◆ 生日：　　□非會員　　□已是會員

◆ E-Mail：　　電話：（　）

◆ 地址：

◆ 學歷：□高中及以下　□專科或大學　□研究所以上　□其他

◆ 職業：□學生　□資訊　□製造　□行銷　□服務　□金融
□傳播　□公教　□軍警　□自由　□家管　□其他

◆ 閱讀嗜好：□兩性　□心理　□勵志　□傳記　□文學　□健康
□財經　□企管　□行銷　□休閒　□小說　□其他

◆ 您平均一年購書：□ 5本以下　□ 6～10本　□ 11～20
□ 21～30本以下　□ 30本以上

◆ 購買此書的金額：

◆ 購自：　　市(縣)
□連鎖書店　□一般書局　□量販店　□超商　□書展
□郵購　□網路訂購　□其他

◆ 您購買此書的原因：□書名　□作者　□內容　□封面
□版面設計　□其他

◆ 建議改進：□內容　□封面　□版面設計　□其他

您的建議：

剪下後傳真、掃描或寄回至「22103新北市汐止區大同路三段194號9樓之1讀品文化收」

廣 告 回 信
基隆郵局登記證
基隆廣字第 55 號

2 2 1-0 3

新北市汐止區大同路三段 194 號 9 樓之 1

讀品文化事業有限公司　收

電話/(02)8647-3663 傳真/(02)8647-3660
劃撥帳號/18669219　永續圖書有限公司

請沿此虛線對折免貼郵票或以傳真、掃描方式寄回本公司，謝謝！

讀好書品嘗人生的美味

見鬼之校園鬼話5